마중물

김수영 에세이

청어

마중물

김수영 지음

발행처 · 도서출판 **청어**
발행인 · 이영철
영　업 · 이동호
기　획 · 강보임 ㅣ 김홍순
편　집 · 김영신 ㅣ 방세화
디자인 · 오주연
제작부장 · 공병한
인　쇄 · 두리터

등　록 · 1999년 5월 3일(제22-1541호)

1판 1쇄 인쇄 · 2010년 2월 5일
1판 1쇄 발행 · 2010년 2월 15일

주소 · 서울시 서초구 서초동 1588-1 신성빌딩 A동 412호
대표전화 · 586-0477
팩시밀리 · 586-0478

블로그 · http://blog.naver.com/ppi20
E-mail · ppi20@hanmail.net
ISBN · 978-89-93563-67-2 (03810)

마

중

물

사람이 하늘처럼 맑아 보일 때가 있다.
그때 나는 그 사람에게서 하늘 냄새를 맡는다.
사람한테서 하늘 냄새를 맡아 본 적이 있는가.
스스로 하늘 냄새를 지닌 사람만이 그런 냄새를 맡을
수 있을 것이다.
– 「살아 있는 것은 다 행복하라」 중에서

함께 서 있되, 거리를 두라는 말을 들은 적이 있다. 잘은
모르겠지만 서로의 그늘로써는 살아갈 수 없다는 의미이지
않을까, 그런 생각을 했었다.

얼마 전 오래된 친구에게서 전화가 왔었다. 그 친구를 고
등학생 때 만났으니, 벌써 20년이 다 되었다.

친구는 이번에 신학대학원을 합격해 서울로 가게 되었다
고 했다. 경영대를 졸업하고 한참 동안 입시학원 국어강사
를 했었는데, 이번에 신학대학원을 입학한다고 했다. 평소
문자로 서로 잘 지내고 있음을 주고받으며 지내는 편이라
목소리를 듣는 일은 별로 없지만, 친구는 언제나 내 믿음 그
대로, 내 느낌 그대로 그 곳을 지켜주고 있었다. 가끔 오늘처
럼 특별한 소식을 전해주기도 하면서 말이다. 뭐랄까. 조금

떨어져 있지만, 또 자주 만나지 못하지만, 거리라는 것이 별로 의미가 없는 친구이다. 서로의 좋은 배경이 되어 든든하게 믿어주고 있다고 하면 적당할까. 그래, 그 쯤이지 싶다.

솔직히 이번에 첫 작품을 출간하면서 스스로에게 다짐했던 약속을 지켜내지 못하는 줄 알았다. 예상하지 못했던 일들이 구석마다 숨죽이며 나의 선택을 기다리고 있었고, 그런 선택의 반복은 내게 '포기'를 요구하는 것 같았다. 쉬어도 되고, 나중에 해도 된다는 면죄부를 주는 듯한 일들이 내게 화두처럼 남아있을 때였다. 그러다 「인생수업」이란 책 속에서,

삶은 우리가 생각하는 것보다 훨씬 짧습니다.
만일 타야 할 자전거와 사랑해야 할 사람이 있다면,
바로 지금이 그것을 해야 할 때입니다.

라는 문구를 읽는 순간, '이건 아니다' 싶었다. 스스로 해야 한다고, 하고 싶은 일이라 믿고 있는 일을 더이상 미루어서는 안 되겠다는 생각이 들었다. 그러면서, 스스로 의무감 비슷하게, 최선을 다해본 다음에 포기를 해도 하자는 생각이 들기 시작했다. 아직 끝난 게 아니잖아. 지금껏 해온 것처럼 해보자. 그래 시작해보자. 그렇게 해서 완성된 것이 이

번 「마중물」이다.

　마중물은 '마중 나가는 물'이라는 의미의 순우리말이다. 펌프로 식수를 끌어올릴 때 수압이 떨어져 헛돌게 되면 한 바가지 정도의 물을 부어 압력을 높였는데, 그 때의 물을 '마중물'이라 했다. 그런 이유에서 어떤 일을 시작하는 계기나 실마리로 비유되기도 한다고 했다. 사실 이번에 굳이 '마중물'이란 단어를 선택한 이유도 바로 이것이었다. '마중 나가는 물'이 되고 싶었다. 사소한 일상의 글들과 삶에 관한 개인적인 의견으로 가득 차 있지만, 그런 작은 것들이 어떤 계기나 실마리가 되어 줄기를 이루고 가지를 뻗어나갈 수 있다면 얼마나 좋을까, 라는 생각을 했었다. 아니, 그럴 수 있다고 믿고 싶었다.

　애써 외면하고 싶었던 마음을 힘껏 두드려보고 싶었고, 자잘한 수다도 모여앉아 함께 하고 싶었다. 온 힘으로 버텨내는 이들의 어깨도 가슴 가득 다독이며 안아주고, 가만히 옆에 앉아 그 이야기에 귀 기울여 주고 싶었다. 마음을 나누고, 살아가는 일을 함께 고민하고 싶었다. 멀리 있는 미래의 얘기가 아닌, 함께하는 지금 이 순간의 특별함으로써 말이다.

　충분히 웃고, 충분히 사랑하고, 충분히 함께하고 싶다. 삶의 열정이 다하는 그 순간이 올 때까지 내 삶을 사랑하고 싶다. 그런 마음을 담아 이렇게 내어놓는 마음이 떨리도록 기쁘기도 하고, 한편으로는 작은 마음에 부끄럽기도 하다. 특히 이번엔 마음이 닿아 나누고 싶은 아름다운 글도 함께 담아보았다. 나의 글이 그러한 스승들의 글에 누가 되지 않기만을 바라면서.

이 겨울이 다 가기 전에, 곁을 지켜주는 모든 것들에게 가슴 깊은 고마움을 전한다. 내가 아는 것이 전부인 것처럼 얘기하지는 않았는지 내심 걱정이 되지만, 함께 하되 서로의 거리를 존중하고자 했던 마음만큼은 진심이니, 너그러이 살펴주길 진심으로 기원한다. 더불어 밝아오는 새해의 따스한 햇살이 가슴 안으로 넓게 퍼져나갈 수 있길 두 손 모아 기원해본다.

받아들이는 것이 힘들겠지만,
중요한 것은 주어진 시간이 다하기 전까지
우리는 죽지 않는다는 것입니다.
우리가 죽는다는 것은 때가 되었기 때문입니다.
우리에게 주어진 도전은
이 순간을 충분히 경험하는 것입니다.
　　　　　　　　　　－「인생수업」 중에서

김수영

살아 있는 것은 모두 다 행복하라

예전 카페에 책 읽는 공간을 마련해둔 적이 있었다. 아니, '읽는' 이라는 표현보다는 '읽어주었던' 이라는 표현이 더 맞을 듯하다. 하여간 그렇게 한구석에 책 읽는 마당을 펼쳐놓고선 혼자 책을 읽어 내려갔다.

듣는 사람이 있든지 없든지 큰 의미를 두지 않았다. 가끔, 정곡을 찌르는 법정스님의 얘기에 구렁이 담 넘어가듯이 슬그머니 넘기기도 하면서 읽어주었던 「살아 있는 것은 모두 다 행복하라」라는 책의 마지막 장을 덮으면서, 말 그대로 '책거리' 를 하고 싶었다. 나 혼자 자축이라도 하고 싶은 심정이었다.

2006년 3월 3일부터 2006년 12월 14일까지 읽었으니, 대략 280여 일 정도 걸렸다. 책을 한 권 읽는데 좀 과한 시간인 듯하지만, 긴 시간만큼이나 매일 나의 곁에서 좋은 얘기를 들려주는 스승을 둔 것 같은 느낌이 싫지 않았다.

당시 굳이 많은 책을 마다하고 이 책을 선택한 것에는 이유가 있다. 바로 제목 때문이다. '살아 있는 것은 모두 다 행복하라.' 이 얼마나 아름다운 표현이며, 또한 이 얼마나 소중한 마음인가. 비단 사람에게만 국한되지 않는, 존재하고 있는 모든 것들에 대한 경이로움과 그 가치를 단 한 줄로써 표현해낸 것이다.

그것은 놀라움 그 자체였다. 나와 네가 다르지 않는 것을, 내가 너의 위에 있을 이유도 또한 아래에 있을 이유도 없는 것을, 삶의 방식이 다르다는 이유가 잘잘못의 기준이 되지 못한다는 것을 법정스님은 고운 시선으로 진지하게 담아내고 있었다. 마치 풍랑으로 흔들리던 뱃머리로 환한 빛과 함께 찾아 든 선명함처럼 말이다. 그것은 안개를 걷어내면서 어렴풋하게라도 목적지를 보여주고 싶다는 듯이 그렇게 내게 다가왔다.

책을 하루에 한 페이지, 혹은 두 페이지씩 읽으면서, 대문에 걸어놓고 오가는 이들의 마음을 두들겼다. 댓글을 달아주는 이도 있었지만 보통은 갈 길이 멀어 마음만 잠시 내어주었다. 가끔 글의 느낌을 전할 수 있는 사진도 함께 걸어두곤 했는데, 글보다 먼저 사진에서 그 느낌을 확인하는 경우도 더러 있었던 것 같다.

과정이야 어찌되었든 한 권의 책을 가지고 이렇게 오래

읽어 본 것도 처음이었지만, 이렇게 오래, 많은 사람과 함께 나누어 본 것도 처음이었지 싶다. 책을 덮고 가만히 들여다보는 마음은 내게 이런 얘기를 하고 있었다.

넉넉함과 깊이를 지닌 사람이 되어라. 어리석음과 현명함을 구분해 낼 수 있는 사람이 되어라. 다른 사람들의 시선보다 더 오래, 더 깊이 머물 수 있는 사람이 되어라. 그러나 무엇보다 그 모든 일이 자신에게서 끝나지 않고, 시선이 가는 곳에 마음을 내어주어 고루 살펴주는 사람이 되어라.

그렇게 희망 섞인 바람들을 내게 전하고 있다. 마치 그런 사람이 될 수 있다는 듯이. 그리고 이젠 내가 바라고 있다. 할 수만 있다면, 될 수만 있다면. 나도 그렇게 하고 싶고, 진정 그런 사람으로 살아가고 싶다고 말이다.

지금 이 순간, 나도 희망해본다. 나도 스님의 표현처럼, 그 표현 그대로 '살아 있는 것은 모두 다 행복하라' 라고 말할 수 있었으면 좋겠다. 이 땅 위에 존재하는, 살아 숨 쉬는 모든 것들의 행복을 노래할 수 있었으면 좋겠다.

가슴속에 맺혀진 응어리를 풀어줄 수는 없겠지만, 적어도 그 응어리를 함께 들어주면서, 삶의 무게를 힘겹게 지탱해 내고 있는 어깨를 잠시라도 다독여주면서, 머뭇거리는 걸음을 옆에서 함께 내딛어주면서, 웃음으로 대신하는 울음을 닦아주면서 그렇게 살아갈 수 있었으면 좋겠다. 그 어느 것에도 머무르지 않고, 물들지 않는 마음으로, 있는 곳 바로 그 자리에서 꽃을 피워낼 수 있었으면 좋겠다.

아름답게 살아가고 싶고, 아름답게 마무리를 하고 싶다. 나의 행복을 전하는 것보다 잠자고 있는 행복을 일깨워 이 땅 위로 또 하나의 행복이라도 더 뿌리를 내릴 수 있다면 그 얼마나 고맙고 감사한 일이겠는가. 진정 그런 사람으로 살아가고 싶다. 그래서 나도 언젠가 이렇게 이야기할 수 있었으면 좋겠다. '살아 있는 것은 모두 다 행복하라.' 라고.

눈뜬 사람들의 가르침은 자기로부터 시작하라고 했지,
자기 자신에게서 그치라고 하지 않았다.
자기를 인식하되 거기 사로잡히지 말아야 한다.
자기에게서 시작해 세상에 도달해야 한다.
궁극적인 관심은 세상에 있어야 한다.

– 「살아 있는 것은 모두 다 행복하라」 중에서

나는 부러워한다

모두 비슷하겠지만, 내 것이 아닌 것에 대해선 유독 눈길이 가고, 부러운 마음이 생겨난다. 명품가방이나 혹은 멋진 집, 자동차 그런 비슷한 유의 것이라는 생각을 할지 모르겠지만, 그것들과는 상당한 거리를 두고 있는 마음의 문제로 이야기를 한번 해볼까 한다.

마음의 문제. 너무 광범위하게 접근을 하는 것 같은데, 쉽게 풀어내자면 형태를 지닌 것이 아닌 보이지 않는 것에 대한 부러움이라고 표현하고 싶다. 가지기 쉬워 보이는데, 얻기에 생각보다 너무 어려운 것들. 그런 것에 대한 지극히 개인적인 부러움, 그 이야기를 해볼까 한다.

가볍게 시작을 하자면, 난 날씬함을 유지하는 사람을 부러워한다. 옛말에 부러워하면 닮아갈 수 있다고 하던데, 마냥 부러워하는 것만으로는 부족한가 보다. 아주 오래 전부터 남 못지않게 많이 부러워했는데도 잘 되지 않으니 말이다.

그러나 먹어도 살이 찌지 않는다는 복 받은 체질의 사람보다는 바쁜 시간 짬을 내어 꾸준히 운동을 하고, 먹음직스러운 음식 앞에서 욕심을 내지 않고 조절을 해 내는, 그리고 그것을 꾸준히 유지하는 사람을 부러워한다는 것이 더 정확할 것 같다.

마음으로 한번 해 봐야지 하고 시작은 잘 하는데, 막상 며칠을 넘기지 못하는 모습을 스스로를 확인할 때, 꾸준히 유지한다는 것이 얼마나 부러운지 모르겠다. 의지가 약해서일까? 다른 사람들은 다 해 내는 느낌이 드는데 왜 이렇게 어려운지. 하여간 너무 부러울 따름이다. 이렇게 의지가 약해서 어떻게 세상을 살아갈지 걱정이 되는 것도 사실이다.

장녀로 태어나서 그런지, 오빠나 언니라는 호칭이 그렇게 어색할 수가 없다. 다른 사람들은 아무렇지 않게 너무 쉽게 말하는데도, 난 입이 떨어지지 않아 애를 먹은 경우가 한두 번이 아니었다. 아니, 어쩌면 사회성이 부족한 건지도 모르겠다. 하여간 그런 호칭을 사용하는 것은 내게 너무 어려운 일이었다.

그렇다고 호칭에서의 어려움이 없었다면 그들과 아주 가깝게 지냈을까. 그것 역시 모를 일이다. 하지만 어찌되었든 나는 다른 것들을 떠나 자유롭게 호칭을 부르며 서로간의 경계선을 쉽게 넘나드는 사람들이 부럽다. 편하게 얘기를 주고받지 못해 소통이 원활하지 않은 나 같은 사람에게는 아주 어려운 일인데, 다들 어찌 그리 잘하는지 모르겠다.

마음속으로 몇 번이고 연습을 하고 부르기 전에 용기를 필요로 하는 일, 주저하다가 못하는 경우가 더 많았던 일. 그런 일을 아주 쉽게 해내는 사람들이 부러운 것은 지금도 여전한 것 같다.

가끔 해보는 생각이지만, 내겐 연습을 필요로 하건만, 다른 사람에겐 식은 죽 먹는 일처럼 쉬울 수도 있겠구나. 반대로 내겐 아주 자연스러운 일이 어떤 사람에겐 많은 연습을 필요로 할 수도 있겠구나. 그런 생각도 든다.

그리고 나는 눈이 너그러운 사람이 참 부럽다. 요즘은 세상이 하도 험해서 그렇게 살면 안 된다고, 약은 사람이 성공한다는 이야기가 들리지만. 그래도 나는 눈이 너그러운 사람이 부럽다.

허용의 범위가 넓고, 깊이 있게 들여다보려고 노력하는 눈을 가진 사람을 만나고 나면, 어김없이 그날은 나 자신에 대한 부끄러움에 어찌할 줄을 모른다. 조금 아는 것으로써 많이 안다고 떠들어대고, 좁게 살짝 들여다본 것을 가지고 높은 곳에서 아주 오랫동안 지켜보았던 것처럼 뱉어내는 나 자신에 대한 안타까움으로, 한참을 헤매곤 한다.

조금씩이라도 나아져야 하는데, 다람쥐 쳇바퀴 돌듯이 같은 자리를 맴도는 것만 같고, 벗어나오지 못하고 있다는 사실을 확인해나가는 작업에 불편한 마음을 감추지 못한다. 말 그대로 불편한 진실을 마주하게 된다. 그래서 어떻게 보면 피하고 싶은 날 중의 하루가 되는 셈인데, 그래도 그런 날들이 나를 성숙시킴을 부정할 수도 없다.

거기다 '먼저 행동하는 사람'을 보면 참 부럽다. 나처럼 말만 하는 사람보다 이미 직접 행동으로 옮기고 있는 사람을 보면, 부러운 마음을 넘어서서 존경의 마음이 생겨난다.

가볍게 지나칠 수 있는 얘기에도 힘이 되는 한마디를 애써 보태주는 사람, 부탁조차 어려워서 조심스러워하는 사람에게 쉽게 손 내밀어 어서 잡으라고 행동하는 사람, '해야 한다'라고 말하기 전에 이미 행동하고 있는 사람, 나는 그런 사람이 참 부럽다. 아니, 좋아한다는 표현이 더 어울릴 것 같다.

사랑이란 단어가 굳이 필요하지 않은 사람, 이미 그렇게 살아가고 있기에 굳이 '사랑'이란 표현을 애써 붙이지 않아도 되는 사람, 그런 사람을 만난 날은 내 안에 살아 숨 쉬는 붉은 기운을 새삼 확인한다고나 해야 할까. 그런 사람이 함께 있다는 사실에 벅찬 감동을 느끼곤 한다.

이 땅 아래 함께 숨 쉬어도 된다고 허락 받은 느낌. 한걸음씩만 더 내딛으면 된다고 곱게 보아주는 그런 느낌. 그런 느낌을 만난 날 오히려 나는 유난히 더 말이 많아진다. 아름다운 사람을 보았다고. 세상은 아름답다고 시끄러운 푼수가 되어 떠벌리곤 한다.

하지만, 어디 이것뿐일까. 어느 것 하나 부럽지 않은 것이 없다. 세상의 사람 수 만큼이나 부럽고, 닮고 싶은 것 투성이다. 어쩌면 욕심이 많아서일지도 모르겠다. 그런데 문득 그 말이 생각난다. 사람은 나이를 먹는 것이 아니라 좋은 포도주처럼 익는다. 그래, 나도 마냥 부러워하면서 보내기보다는 내가 할 수 있는 것으로써 하루를 채워가고 익어가게 해보자. 시간의 더함만큼 성숙한 모습으로 익어갈 수 있도록 노력해보자, 그런 생각이 들기 시작했다.

막무가내로 힘들다고 여겼던 10대, 열정 하나만 믿고 뭐든지 겁날 것 없이 덤볐던 20대를 지나, 고갯마루에 조금 걸터앉은 느낌의 30대가 되고 보니 지금껏 보이지 않았던 많은 것들이 하나둘 그 모습을 드러내고 있다. 가볍다 여겨졌던 것 같은데, 실은 제법 무거운 자리를 오래 함께 하고 있었음을 새삼스럽게 확인하고 있다고 해야 할까.

그러면서 그런 생각이 드는 것이었다. 부러운 것은 그냥 부러운 대로 두어보자. 그냥 편하게 부러운 사람을 만나면 여전히 부럽다 말하고, 부족한 나를 만나면 '아직 갈 길이 많이 남았네'라면서 편한 거리에서 편한 마음으로 바라보자.

편하게.

　무엇인가를 바꾸고 새롭게 만들어 내는 일은 분명 아름답고 멋진 일이다. 다른 누군가의 존경이나 부러움의 대상이 되는 느낌이 어찌 싫을까. 그렇지만, 일상을 이루어내는 작은 것들이 소중한 것처럼 부족한 것은 부족한 대로, 넘치는 것은 넘치는 대로 의미를 부여하며 조금 부드럽게 지내는 방식도 괜찮지 않을까.

　단순히 많아서 좋다거나 적어서 싫다는 것이 아니라, 마음이 이해하고 받아들이는 데에 여유를 가져보자는 것이다. 사실 아직은 분명하게 무엇이라고 정의를 내리기엔 조심스러운 것들이 너무 많다. 이미 아는 것보다 알아야 할 것들이 더 많은 것 같은, 정말 아직은 뭘 잘 모르는 느낌이다. 다만, 그 과정에서 내 것이 아닌 것들로부터 최대한 자유로워져 보자는 것이다.

　욕심을 내어 무엇을 얻겠다는 계획을 세우는 일보다 이미 가지고 있는 것들을 아끼고, 보듬어주고, 나누는 방식으로, 새로운 것이 아닌 익숙한 것들에게 더 애정을 쏟고, 마음을 내주자는 것이다. 사실 이런 생각이 어느 길로 향해야 하고, 어떻게 가야 하는지에 대한 정답이 되지는 않을 것 같다. 무엇으로써 옳은지, 그른지를 판단하는 기준도 되지는 않을 것 같다.

하지만, 중요한 것은 어느 길 위에서든 그 걸음이 자신의 걸음이면 괜찮지 않을까. 누군가 잘 닦여진 길에서 반듯하게 가는 걸음도 아름답겠지만, 조금 엉성하고, 엇나갔다가 되돌아오기 바쁘긴 하지만 그렇게 스스로 자신이 만들어가는 그 걸음도 나름의 의미가 있지 않을까. 그 사이에 진정한 내가 살아 숨쉬고, 내 가족과 이웃이 함께 하고 있다면, 그리고 그것이 의미를 지닐 수 있다면, 그것으로 충분하지 않을까. 조금 더 훗날 내가 어떤 생각을 하게 될지 모르겠지만. 요즘 막연하게 해 보는 생각이다.

남을 이롭게 함으로써
나를 이롭게 하고 싶다

1

오늘 드디어 도착을 했다. 신청을 하고 대략 열흘 정도된 것 같다. 좋은 이웃을 찾는다는 글과 함께 소외된 이들의 이야기를 읽으면서 예전부터 마음으로만 생각하고 있었던 일이었다. 한비야의 「지도 밖으로 행군하라」에서 읽었던 2만 원으로 부자가 된다는 길에 동참을 하였다. '해야지'라는 마음은 언제부터 먹고 있었는데, 이제야 결실을 맺은 것이다. 아니, 결실이라기보다는 시작이라는 표현이 옳을 지도 모르겠다. 은행에 가서 처음 '공과금 수납기'라는 기계로 2만 원을 지로납부하는 것으로써 말이다.

은행을 다녀와서 차분하게 '좋은 이웃님께'로 시작된 회원증서와 후원하는 아동에 대한 짧은 소개를 읽었다. 내가 후원하는 아동은 유치원에 다니는, 부모님이 이혼을 한 불우한 환경에서 친척들의 도움으로 두 동생과 함께 건강하게 성장하고 있다는 '굴무로도브 샤흐리요르'라는 7살의 남자 아이였다.

이름이 길어서 앞으로 부를 때 어떻게 부를지 좀 고민이 되었다. 그림 그리기가 취미라고 하는데, 어떤 그림 그리는 걸 좋아할까? 우리 큰아이처럼 공주를 좋아할까? 남자아이 니까 다를 수도 있겠다. 아니, 어쩌면 산과 나무와 하늘을 좋아할지도 모르겠다.

아동의 그림으로 심리를 알 수 있다고도 하는데, 혹시 복잡한 심리를 나타내는 그림을 그리는 것은 아닐까? 그러나, 무엇보다 건강상태가 좋다고 하니, 참 다행스러운 일이었다. 2월 23일이 생일이라니, 잘 기억해둬야 할 것 같다. 이 아이도 케이크를 좋아할까?

뒤에 있는 회원증서를 살펴보니, 참으로 대단한 문구가 들어있었다.

- 굶주림 없는 세상, 투명한 사회, 더불어 사는 세상 만들기에 동참하셨기에……

2만 원 후원하는 일에 대해서 이렇게 큰 명예로움을 빌려와도 되는지 모르겠다. 굶주림 없는 세상. 너무 멀리 있는 세상이다. 투명한 사회, 이 역시 너무 높은 세상이다.

더불어 사는 세상. 그래, 이것 역시 여전히 좀 높은 감이 있지만, 최소한 말을 건네 보아도 되는 위치쯤에 있는 것 같다. '2만 원으로 너무 생색내는 것이 아니냐?' 며 핀잔을 줄지도 모르겠지만, 그래도 무엇인가 그런 멋진 세상을 위해 약간의 공헌을 하고 있다는, 마음을 내었다는 나름의 뿌듯함에 작은 미소로 말을 건네볼 수 있을 것 같다. 그렇다고는 하나 역시 너무 화려한 명찰을 가슴에 단 것 같은 불편한 느낌이 수그러지지 않는다.

인터넷으로 신청을 하면서 일부러 지로납부를 했다. 은행에 매번 가야 되는 번거로움을 동반하지만, 나름의 이유가 있는 행동이었다. 모든 것들을 자동이체를 하면서 굳이 이것만 지로납부를 신청한 이유라. 언제나 그랬듯이 돈이 통장에서 자동으로 이체된 후, 이체를 확인 한 다음 '아! 그랬구나!' 하면서 별일 아니게, 그렇고 그런 일들의 하나로 여기게 될 것 같다는 마음이 들면서 일부러 지로납부를 신청하는 번거로움을 택했다.

길어서 고민스러웠던 아이의 이름조차 떠올려 보려고 애쓰지도 않게 될 것 같은 조금의 걱정스러움과 함께 말이다. 그런데, 후원활동에 관한 안내서를 읽어보니 우편물을 이메일로 받으면 연 6천 원의 우편료를 절감할 수 있다고 한다. 생각해 볼 문제였다. 나에게 보내지는 이 6천 원마저 줄인다면, 그 돈이 조금이라도 더 보탬이 될 수 있다고 생각을 하니, 자동이체로 바꾸는 것이 더 옳은 것 같았다. 대신 사진이라도 좀 가까이에 두고 자주 보아야 할 것 같다. 그렇지 않다가는 너무 익숙하게 잊게 되지 않을까, 사실 조금 걱정된다.

책 한 구절에서 마음이 동하여, 내내 마음 한 곳에 자리 잡고 있다가 2만 원을 납부하고서 혼자 이렇게 들떠있는 기분도 제법 괜찮은 것 같다. 아마 글에서 읽었던 '부자 되는 길' 위에 함께 서 있다는 생각에, 스스로의 만족감에 아마 이런 느낌이 떠나지 않는 것 같다.

그래서 지금의 이 기분을, 이 마음자세를 조금이라도 오래 기억하고 싶은 욕심에 몇 줄의 글을 끼적여본다. 하지만 사실 그것만은 아니다. 어쩌면 내가 그랬듯이, 글을 읽으면서 내가 마음이 동하였듯이, 그 누군가 향기로움에 이끌려 꽃을 찾아올 나비가 되어주길 기다리고 있는지도 모르겠다. 마음이 동할 준비가 되어 있는 그 누군가가 꽃에 앉을 기회를 찾고 있었다면, 어서 빨리 앉아보라고 권해보고 싶어진다. 생각보다 어렵지 않은 일이라며.

그러나 무엇보다 나를 끌어낸 삶의 작은 열쇠가 또 다른 주인을 찾아 내 손을 벗어나는 것을 보고 싶은 마음에, 환한 미소를 보태어 떠나보내 주고 싶은 마음에 이렇게 서성대고 있는지도 모르겠다.

2

얼마 전 사진이 도착했다. 굴무로도브 샤흐리요르. 1999
년생이니까 올해 10살인 후원아동의 최근 모습을 담은 사진
이었다. 이 아이를 만난 것이 2006년 6월이었으니까 벌써
2년이 흘렀다. 2년 전 사진을 처음 받았을 때는 개구쟁이
모습을 벗지 못한 아이의 모습이었다면, 이번에 보내온 사
진은 제법 어린이다운 느낌이었다. 반짝이는 두 눈과 연한
웃음을 만들어내는 미소 가득한 모습은 예전 그 모습 그대
로였다.

잊은 듯이 지내고 있었는데 오늘 다시 만나고 보니, 그동
안의 무심함에 많이 미안해진다. 잘 지내고 있다는데, 정말
잘 지내고는 있는지 안부조차 물어보지 못했었다. 그런데
이렇게 사진으로라도 만나고 보니, 미안한 만큼 잘 자라주
는 것이 너무 고마워진다.

처음 이 아이를 만나고 얼마 지나지 않아 남편에게, 남동
생에게 같은 즐거움을 안겨주고 싶어 얘기를 꺼냈었다. 대
단한 일을 하는 것처럼 이야기를 꺼내다 보니, 정작 나중엔
나 자신이 부끄러워질 정도였다. '하는 것이 좋다'가 아니
라 '해야 한다'라는 분위기로 끌고 가다 보니, 나중에는 작
은 일을 먼저 시작했다는 사실만으로 이렇게 잘난 척을 해

도 되는 건지 모르겠다는 생각까지 들었다.

어찌되었든 이런저런 나의 속마음을 떠나서 결과적으로 마음 착한 남편과 순수한 남동생은 대단한 일을 함께하는 사람이 되어 한 명씩 후원하고 있으니 나의 작은 목적은 달성되었다. 얼마 전부터는 주위 친구들이 좀 더 자란 아이의 사진을 보고서는 마음이 동하는 것 같아 대단한 일을 함께하자며 계속 옆구리를 찌르는 중이다. 물론 나는 확신한다. 얼마 지나지 않아 다들 넘어올 거라는 것을.

사람을 두고 성선설이냐, 성악설이냐 이야기가 분분하다. 개인적으로 난 성선설을 믿는다. 더불어 '믿어주면 더욱 그렇게 된다' 라고 믿는 편이다. 하지만 부끄럽게도 내 안에 있는 선하지 못한 모습을 스스로 확인할 때가 종종 있다. 그럴 땐 마치 내 것이 아닌 것처럼, 벗어 던지고 싶어진다. 하지만 양파껍질처럼 벗어 던진 그 자리에는 대충 보아도 비슷한 색깔의 비슷한 모습이 또 자리하고 있다. 그럴 땐 또다시 벗어 던지는 방법 밖에는 없다. '언젠가는 다 벗어지겠지' 라며 믿으면서 말이다. 그런 믿음으로, 그렇게 되길 바라는 마음으로 시작한 일의 하나가 바로 아동후원이었다.

'그들에게 2만 원의 가치가 얼마나 될까' 라는 생각도 들었지만, 20만 원, 아니 2백만 원의 가치가 되어 한 사람이 아닌, 한 가족과 한 사회를 먹여살릴 수 있다고 하니, 그것을 어떻게 가치가 없다고 할 수 있을까.

그러나 사실 가장 중요한 것은 '끝까지 함께 할 수 있느냐'라는 것이었다. 잠깐의 기분으로 시작을 하였다가 그만두어도 되는 일이 아니라 성장하는 모습을, 변화하는 모습을 얼마나 오랫동안 지켜봐 줄 수 있느냐 하는 것이었다. 정원사의 손길이 닿은 화초가 뿌리 곧게 하늘 향해 자라나듯이 그 미래를 궁금해 하면서 곁을 지켜줄 수 있어야 한다는 것이었다. 그래서일까. 조금이라도 그런 마음이 보일라치면 누구에게든 함께 하자는 말을 건네곤 한다. 내 두 발이 서 있는 이곳이 아니라, 내가 존재하지도 않는 그 어딘가에서 삶의 열정으로 확인된다는 사실이 얼마나 내 삶을 아름답고 풍요롭게 하는지 느낄 수 있을 것이라면서 말이다.

그렇다고 굳이 나의 방식만을 고집하는 것은 아니다. 무엇으로도, 어떤 식으로도 좋을 것 같다. 내 것으로써 함께 나누는 즐거움을 느껴볼 수 있었으면 좋겠다. 그러면서, 그것이 온전하게 자신으로 돌아오는 느낌도 느껴볼 수 있었으면 좋겠다. 좋아하는 글 중에 '남을 이롭게 함으로써 나를 이롭게 한다'라는 말이 있는데, 그 말이 얼마나 아름다운 말인지 오늘의 나처럼 느껴볼 기회를 가져볼 수 있길 희망해 본다.

단 하루만 더

즐겨 찾는 인터넷 서점에서 「단 하루만 더」라는 책을 두 권 구입했다. 그러니까 그게 일주일쯤 되었나, 한 권을 구입 한 뒷날 다시 같은 책을 신청을 하였더니, 추가 구입이라며 확인해보라는 친절한 질문을 했다. 물론 추가 구입이라며 'OK' 를 보내주었다. 그렇게 해서 한 권은 나에게로, 또 한 권은 남동생에게로 전해졌다. 아직은 자신의 일에 대한 고 민으로 가득 차 있어 다른 어떤 것에도 여유를 줄 형편이 보 이지 않는 동생에게 애써 여유로움을 챙겨보라고 전해주고 싶었다. 그리고 무엇보다 이 책에서 말하고자 했던 '어머 니' 라는 존재에 대해 조금 더 깊이, 살뜰한 눈으로 바라볼 수 있었다면 좋겠다는 소망이 있었다. 자식으로써, 딸이 아 닌 아들로써, 어머니의 삶에 대한 인간적인 예의를 갖출 수 있는 좋은 기회가 될 것 같다는 생각을 하면서 말이다.

이 책의 서문에서도 밝혀져 있지만, 이것은 유령이야기

다. 그러나 한편으로는 살아남은 사람의 얘기이기도 하다. 그것도 가까스로 살아난 중년남자의 이야기. (아니 운 좋게 살아났다고 해야 하나. 이런 경험을 하지 못하고 원했던 대로 유령의 길로 가는 사람들도 많이 있으니 말이다.) 어찌 되었든 모든 사람에게서 버림받았다고 확신하는 한 남자가, 자신은 이 땅에서 사라지는 것이 당연하다며 생을 포기하려는 순간, 8년 전에 돌아가신 어머니를 만난다.

단 하루 허락된 시간 여행이었다. (의식 속이었던지, 무의식 속이었던지 그것은 별로 중요하지 않다고 여겨진다.) 하여간 그는 어머니와 함께 세 여자를 만난다. 그들 모두 떠날 준비를 하는 사람들이었다. 떠날 준비를 하면서 떠난다고 말하지 않는 사람들. 그런 사람들과의 만남이었다.

결론부터 이야기하자면 떠나려는 사람을 안아주는, 아니 자살을 택하려 하는 아들을 안아주고 싶어 했던 한 어머니의 간절함을 다룬 이야기라고 할 수 있을 것 같다. 그 간절함 속에서 아들은 어머니에 대해 몰랐던, 아니 알려고도 하지 않았던 사실을 새롭게 알게 되었고 그 과정에서 자신은 충분히 사랑받을 가치가 있는 사람이며, 곁에 있는 누군가를 사랑해줄 의무가 있다는 것을 확인하게 된다. 또한 결코 이렇게 쉽게 떠나려 해서는 안 된다는 사실까지도.

나는 가끔 감정적인 면이 넘칠 때가 있는데, '단 하루만

더' 라는 제목이 나에겐 무엇인지 이유를 알 수 없는 서글픔
으로 다가왔다. '단 하루만 더' 안타깝고 애절한 마음으로
그립게 다가온다. 절실함에서 출발하는 그 마음이 내게 전
해져 오는 것 같았다. 참 마음이 머무는 제목이다.

　책에 보면 '편' 이라는 말이 자주 등장한다. 내가 어머니
편을 들어주지 않은 날 내지는 어머니가 내 편을 들어주던
날, 대충 이런 식으로. 가족 간에 편을 나누는 것이 뭐 그리
의미가 있을까 여겨지지만, 그것은 곧 상식적인 사람이고,
올바른 판단을 하는 사람으로 여겨지는 기준이 되기도 하는
문제여서 쉽게 넘길 넘어가는 아니었다.

　반대로 편이 없다는 사실은 순식간에 틀린 선택을 한 패
배자로 인식되기도 하기 때문에, 이해를 받고, 동의를 얻는
일에 대해선 누구를 막론하고 중요하게 받아들이게 되는 것
같다. 그런 '편' 에 대한 얘기가 제법 나오는데, 그 안에서
적잖이 놀랐다. 나도 그런 마음이었는데 '그랬겠구나' 내지
는 '내가 너무 몰랐던 것은 아닐까' 라는 생각이 들어서.

　하지만 저자가 궁극적으로 하고 싶었던 말은 무엇이었을
까. 단 하루라도 더 잘 살기 위해 노력하라는 얘기를 하고
싶었던 걸까. 아니면 어머니를 떠올리며 삶의 있어 최선을
다하라는 얘기를 하고 싶었던 걸까. 그것도 아니라면 자신
이 틀렸을 수도 있으니 그 사실을 인정하라는 것이었을까.

하지만 이런 질문들은 한 가지 결론으로 이르렀다. 스스로를 되돌아보라는 것. 지금의 자신을 이루고 있는 것들과 그 위에서 자신이 어떻게 살아내고 있는지를, 자신이 지나온 길과 나아갈 길에 대해 진지하게 고민을 해보라는 것 같았다. 너무 늦기 전에, 바로 지금 이 순간에 한번 해 보라는 것 같았다.

그러나, 무엇보다 다행스러운 것은 아직 내 곁에는 취미 삼아 잔소리를 늘어놓기도 하고, 만만한 상대를 못 찾아서 내게 큰 소리를 내는 어머니가 곁에 있다는 사실에 마음이 놓인다. 그러니 적어도 지금 당장 '단 하루만 더'라며 애원할 일은 내게 그리 큰 의미가 없다. 다만 아주 멀리서, 아주 천천히 느린 걸음으로 오길 희망하고 있으며, 그와 더불어 조금씩 받아들이고, 이해 하는 연습을 해 가고 있을 뿐이다. 나 역시 자유로울 수 없다는 것을 스스로 인정해 가면서 말이다. 언젠가 세월이 조금 더 흐른, 어느 한 모퉁이에서 나 역시 간절하게 '단 하루만 더'를 외치게 될 것임을 부정할 수가 없다는 사실이 마음 쓰리도록 안타까울 뿐이다.

내가 어머니 편을 들어주지 않은 날

예전에 어머니가 막내 동생과 함께 대구에 온 일이 있었다.

고속도로의 빠른 속도보다는 국도의 한적함과 음악을 고집하던 막내여서 울산에서부터 대구까지 국도를 타고 올라왔다. 알아듣지도 못하는 음악에 귀가 윙윙거린다는 어머니의 소리에도 꿋꿋하게 '내 차를 얻어 탔으니까, 적응을 해야 돼!' 라며 오히려 더 큰 소리를 쳤을 동생의 모습이 눈에 선하다.

그렇게 대구에 다녀간 적이 있었던 어머니, 아버지와 거실에서 과일을 먹을 때의 일이다. 내가 사는 대구는 복잡해서 길 찾기가 쉽지 않다는 소리에 '그래도 경산에서 한 길로 쭉 가니까 금방 찾아지던데, 진짜 경산에서부터 큰 길로 연결되어져 있더라' 라며 어머니가 이야기를 꺼냈다.

이에 운전 경험 많은 아버지께서 '대구는 복잡해서 그렇게 가면 안 된다. 얼마나 넓은데. 뭘 몰라서 그렇지' 하신다.

"아닌데, 저번에 한 길로 가니까 나오던데,"

이에 아버지는 답답한 소리를 한다며 어머니를 쳐다보며, '참, 거길 어떻게 그렇게 찾아가. 진짜 모르는 소리 하고 있네' 하신다.

그 때, 대구에 올라온 지 얼마 되지 않아 아는 데가 없었던 나는 이렇게 덧붙였다.

"엄마는 그렇게 하면 못 온다. 대구가 얼마나 복잡한데."

어머니 할 말을 잃었고, 고개만 갸우뚱거렸다.

하지만, 이제 나는 알고 있다.

경산에서부터 큰 길을 따라 올라오면 달구벌대로를 통해 대구로 들어올 수 있다는 사실을.

부드러움이 강함을 이긴다

흔히 '너무 강하면 부러진다'는 말을 한다. 또한 '장작불이 너무 세면 정작 고구마는 익지 않고 타버린다'라는 말도 있다. 아마도 이런 말들은 너무 강한 것에 대한 경계를 나타내는 말들일 것이다.

물론 강하다는 것이 나쁘다는 아니다. 아니 솔직히 약한 것보다는 강한 것이 우리가 살아가는 데에는 편할 때가 더 많다. 다만, 어느 정도에 이르렀을 때에는 멈춰 서서 주위를 한 번 돌아보는 배려심을 발휘해볼 필요가 있는 것 같다. 그렇지 않으면 '독단적'이라는 시선에서 자유롭기가 어렵다.

그래서, 무엇을 위한 것인지에 대한 최소한의 예의가 없이는 본래의 의미를 상실하게 되어 뜻하지 않는 결과를 불러들일 수 있게 되며, 결국 강함으로써 얻는 것보다 잃는 것이 더 많아지기도 하는 것 같았다.

얼마 전 친구 부부와 같이 술자리를 한 적이 있다. 오랜 시간을 함께 해왔고, 앞으로도 함께할 가족으로써 가끔 이런저런 이야기를 허심탄회하게 나누곤 하는데, 그 날도 그런 날 중의 하루였다. 무슨 이야기 얘기 끝에 친구 부인에게 남편이 직격탄을 날렸다.

"그건 잘못했네요."

평소 친구 부인에게 그런 표현을 쓰지 않을 뿐더러, 친구보다 친구 부인의 편을 들었던 사람이었다. 그런데, 그날은 그렇지 않았다. 그러면서 남편의 이야기가 계속되었다. 우리 집에 둘째가 태어난 다음부터 아침밥을 얻어먹는 것이 어려워지기 시작했다는 것이다. 어떻게 하면 좋을까 고민을 하다 자신이 선택한 방법은 출근하면서 나에게 뽀뽀를 했다는 것이다. 솔직히 눈치가 없는 나는 남편의 뽀뽀가 사랑의 표현이라고 한동안 굳게 믿고 있었다.

그런데 이것이 하루, 이틀, 일주일, 이주일이 되면서 나스스로 '이게 아닌데' 라는 생각이 들기 시작했다. 그래서일까. 얼마 후부터는 좀 무리가 있더라도 아침을 간단하게라도 먹여 출근을 시켜야 마음이 놓일 것 같았다. 아니, 그렇게 해야만 할 것 같은 느낌이었다.

그런데 알고 보니, 이 모든 것이 남편의 '좋은 방법' 이었던 것이다. 그러면서 친구의 부인에게 하는 말이 '얼마만큼의 노력을 했느냐' 라는 것이었다. 힘들다고 말하기에 앞서,

상대방의 잘잘못을 들추어내기에 앞서, 자신이 한 노력이 얼마만큼 되는지, 상대방으로 하여금 스스로 변화를 할 수 있게끔 자신이 한 일은 무엇인지 되물어보라는 얘기였다.

물론 그 과정에서 조금 많고 적음의 잘잘못을 따질 수도 있겠지만, 온전하게 한 사람의 잘못만으로 이루어지는 결과는 없다는 것이었다. 오해도 있을 수 있으며, 어쩔 수 없는 상황 때문일 수도 있을 것이고, 다른 생각에서 나온 자연스러운 결과일 수도 있다는 것이다. 그런 것을 고려해 볼 때 '누구 때문에' 라는 말은 아니라는 얘기였다.

아마 처음부터 남편이 내게 힘들게 일을 하러 가는 사람에게 아침밥을 챙겨주지 않으면 어떻게 하느냐고 했었다면, 나는 어떻게 말했을까? 밤낮이 바뀌어서 잠을 제대로 못 자면서 아이 둘을 돌보는 일이 쉬운 줄 아느냐고. 계속 안 챙겨준 것도 아니고 상황이 그렇게 되어서 어쩔 수 없어서 그랬는데, 그것도 이해를 못하냐고. 아마 이렇게 따져 물었을 것이다.

그리고 그것은 지나버린 일들 사이에 뒤섞인 감정과 함께 제법 오랜 시간을 다투었을 것 같다. 잘잘못을 떠나 '이해받지 못하고 있다' 라는 사실에 서운함을 느껴서 앞뒤사정보다는 감정만 상하게 되는 일이 벌어졌을 것 같다.

그런데, 다행스럽게도 남편의 방법이 달랐던 것 같다. 물론 처음엔 서운함이 들었다. 눈치 없이 '사랑의 표현'이라 믿고 있었는데, 그것이 아니라는 것에 대한 서운함이었다. 그렇지만 그 다음에 든 생각이 바로 '배려'였다. 남편 역시 싸움이 될 줄 알았던 것이고, 서로가 원하는 결과는 그것이 아니었기에, 자신이 전달하고 싶은 것을 '정확하게' 내게 전하고 싶었던 것 같다. 그렇게 하기 위해 남편은 나름의 방법을 생각했고, 방법대로 실천을 한 것이었다. 아이가 태어난 지 석 달쯤 되었을 때니까, 그동안 고민이 제법 많았을 것 같다.

사람이 살아가는 데에는 지혜로움이 빛을 발휘할 때가 있는 것 같다. 강함보다는 부드러움을 발휘할 줄 아는 '지혜로움' 말이다. 물론 부드러움이 우유부단함을 말하는 것은 결코 아니다. 그것은 지혜로움과 끈기가 없을 때를 의미하는 것이고, 갖춤으로써 강함을 이길 수 있는 바로 그런 부드러움을 얘기해보고 싶다.

요즘 세상에 정치하는 사람들이 손가락질을 받는 그 첫 번째도 바로 이런 점이 아닐까라는 생각이 든다. 앞뒤를 따져 보는 것도 잊어버리고, 누굴 위한 것인지에 대해서 어느 순간엔 모호해져서 스스로 자신도 모르는 곳에 발을 디뎌놓고선 무조건으로 밀어붙이는 식이다. 지혜로움은 어디를 갔는지. 처음의 마음은 다들 어딜 갔는지. 과연 무엇을 위한 선택이었는지는 온데간데없이 사라져 버린 채 말이다. 정말이지 안타까운 일이다.

더구나, 내가 살고 있는 지금이 아닌, 내 딸과 아들이 살아갈 앞으로의 초석을 다지는 일들이기에 더욱 애가 타는 심정이다. 그렇기에 지혜로움을 부드럽게 표현해낼 줄 아는 진정한 정치인이 간절해지는 요즘이다.

강한 사람이 되고자 한다면 물처럼 되어야 한다고 노자는 말했다. 장애물이 없으면 흐르고, 둑을 만나면 멈추고, 둑이 터지면 다시 흐르는 물처럼. 세상을 살아가는 방식도 이와 같아야 한다고 노자는 말했다. 사람을 만나는 일에서나, 세상을 살아가는 일에서나, 어떠한 일을 진행하는 일에서든.

부드럽게 흘러가는 물이 강해 보이지는 않는다. 그렇지만, 그 누구도 유약하다고 말하지 않는다. 아니, 이미 우리가 먼저 느끼고 있다. 그들이 강하다는 것을. 중요한 것은 바로 이것이다. 신식 무기의 무서운 총칼을 들어야만 나라가 강한 것이 아니다. 부드러운 펜으로써 강대함을 유지하고 있는 나라들도 얼마든지 있다. 보이는 것이 전부가 아니라는 말처럼, 강하게 보이는 것만이 강한 것은 아니다. 부드럽게, 그러나 깊게, 또한 오래 스며들 수 있는 부드러움으로도 얼마든지 강하게 기억될 수 있다는 것이다.

아침부터 컴퓨터 자판에 나를 올려놓고 이리저리 재어본

다고 정신이 없다. 나는 어떤 사람인지, 진정으로 강한 사람이 되어가고는 있는지, 아니면 최소한 그 길의 문턱에는 서 있는지. 부드러움은 고사하고라도 성난 얼굴로 강한 모습을 기억시켜주려 어리석은 행동을 범하고 있지는 않은지. 많은 생각들이 뒤엉키는 느낌이다. 또한 걱정도 늘어간다. 진실을 마주하는 것이 겁이 나서 도망 다닐 궁리만 하고 있는 건 아닌지. 꼬리에 꼬리도 물어본다.

　아니겠지. 아니야. 조금씩 나아지고 있겠지. 그래. 조금씩 나아지고 있을 거라며 애써 그렇게 믿어주고 싶다. 대장장이가 달구어진 쇠붙이로 모양을 만들어가듯이 그렇게 나도 나아지고 있다고 믿어주고 싶다. 그리고 이렇게 가다 보면 언젠가는 나도 내 안으로 흐르는 부드러운 강을 만나게 되지 않을까. 아니, 부드럽고 깊게 스며든 오래된 성숙함으로 완성된 강이 내 안으로 흐르고 있음을 확인하게 될 거라고 애써 믿어보고 싶다.

인생은 한 권의 책과 같다.
바보들은 아무렇게나 책장을 넘기지만
현명한 사람은 공들여 읽는다.
왜냐하면
그들은 단 한 번밖에 그것을 읽지 못함을 알고 있기 때문이다.

– 장 파울

누구나 외롭다. 그래도

급하게 살 물건이 있어서 아침 일찍 마트에 들렀을 때의 일이다. 번화가는 아니지만, 제법 많은 사람이 오가는 곳에 자리를 잡고 있는데, 그 주위로는 참치횟집이며, 삼겹살, 막창집이 늘어져 있다. 해가 넘어가는 저녁 즈음이면 가게마다 한 자리씩 꿰차고 앉은 사람들로 붐비는 곳이기도 하다.

마음이 급했는지 물건을 받아 들고 밖을 나오다가, 동전을 바닥에 떨어뜨렸다. 고개를 숙여 동전을 찾는데, 그때 깨끗한 신용카드 전표 한 장이 눈에 들어왔다. 그 사이 지갑에서 떨어졌나. 얼른 집었는데, 다행히 내 것은 아니었다. 이른 새벽 3시, 4만 5천 원이 찍혀져 있는 삼겹살집에 다녀간 어느 누군가의 것이었다.

카드전표가 깨끗한 것으로 보아, 전표의 주인은 카드전표를 잃어버렸다는 사실조차 모를 거라는 생각이 들었다. 아마 기분에 마신 2차 혹은 3차에서, 지갑 안에 전표를 넣을

힘조차도 모두 다 써버린 것이 아닐까. 또, 그런 생각도 들었다. 누군가의 눈물과 함께 하였던 이가 그 눈물을 닦아주느라고 전표가 떨어진 것을 몰랐을 지도. 또 어쩌면 알아주지 않는 직장의 일을 가지고 인생에 대한 진지한 고민을 나눈 이 시대의 아버지들이 서로 어깨를 잡아준다고 놓쳤을지도 모르겠다. 아니다. 세상을 겁 없이 바라보고, 도전이라도 하는 것처럼 세상을 이겨보겠다고 덤벼든 젊은이들이 자랑스러운 훈장처럼 남겨놓은 것인지도 모르겠다.

하여간 이런저런 모든 생각을 뒤로하고 잠시 머리를 스치고 지나간 것은 한 가지였다. 다들 제자리로 잘 찾아 들어갔을까. 이 시간, 그들이 있어야 할 그 자리에 잘 있을까.

세상은 나날이 새로운 기술이 등장하고, 자고 일어나면 천지개벽이라도 한 것처럼 억대 부자가 생겨나는 등 상상 속의 일들이 벌어지고 있다. 의학 분야에서는 혁명과도 같은 일들이 빈번하게 일어나고 있다. 예전엔 그저 죽음으로 받아들일 수밖에 없었던 것이 이젠 치료 가능한 종류의 질병이 되고 있다는 것을 볼 때면 정말이지 '놀라운 세상'에 사는 것이 분명해 보인다.

그런데 요지경 세상이라고 하였던가. 아이러니하게도 놀라운 세상과 발맞추어 자살도 더 많아지고, 사고도 더 많아지고, 불쌍한 사람은 더 늘어나는 등 속도에 발맞추어 가지 않아도 되는 것들까지 함께 늘어나고 있다. 한쪽에서는 사람의 힘으로 어찌할 수 없었던 것들에 대한 일보 전진이 이루어지고 있는데, 그 반대편에서는 예전에는 사람의 능력으로 조절되었던 것들이 불가항력이 되어 새로운 화살로 되돌아오고 있다.

가끔 '술'이라는 것을 떠올리면서 이런 생각을 한 적이 있다. 예전에 우리 선조들은 술을 양반이 먹는 '음식'이라고 했다. 스스로를 조절할 수 있는 사람들이, 자신의 위치를 잊지 않으면서 먹는 '고급 음식'이라고 들었다. 그런데 요즘은 어찌된 일인지 이런 이야기를 하면 구식에, 세상과 어울리지 못하는 사람이 되어버린다.

얼마 전 뉴스에서 우리나라의 15세 이하 음주가 세계에서 몇 위라는 들었는데, 정말이지 감당이 안 되는 현실이다. 음주공화국이라는 말도, 음주 사고 1위라는 말도, 이웃 간에 술을 마시다 사람을 죽였다는 말도 참 어의가 없는 얘기인데, 15세 아이들이라니. 15세면 중학생이라는 소리인데, 막막해지는 느낌이다. 아직은 세상을 더 궁금해야 할 나이 같고, 하고 싶은 꿈들로 가득 차야 할 나이 같은데 너무 멀리, 너무 빨리 돌아서 버린 느낌이다.

마치 술로써 자신의 능력을 보여주기라도 하는 것처럼, 그 안에서 자신의 주량을 학교에서 받는 성적표처럼 자랑스럽게 이야기한다는 데에 안타까운 마음만 늘어난다. 어른이라고 할 수는 없겠지만 먼저 살아가는 세대로써, 그들에게 '희망'을 이야기해 주지 못한 것 같아 마음이 쓰인다.

빠른 속도로 변화하는 세상 속에서도 꿋꿋하게 자신의 길을 찾고, 그 길을 향해 걸어가길 기원하기보다는 좋은 성적이 마치 인생을 결정짓는 양 요구하는 세대의 한 사람으로써 말없이 그 길을 재촉하고 있었는지도 모르겠다. 그 아이들은 외롭고, 힘들다고 얘기하는 건지도 모르는데. 마치 유일한 해결책처럼 그 안에서 되돌아봐달라고 외치는 절규일지도 모르는데 말이다.

외로움. 그것은 살아 있는 모든 것들에게 주어진 숙제가 아닐까. 나이와 상관없고, 지위와 상관없이, 세상 모든 이들에게 공평하게 주어진 숙제. 어느 시인의 '누구나 혼자이지 않은 사람은 없다'라는 말이 새삼 떠오른다. 외로움이라는 것은 깨끗하고 화려한 앞면의 모습이 아닌, 뒷면에 숨겨져 있는 진실과도 같은 것이다. 인정하고 싶지 않지만 인정해야 하는 숨겨진 진실 말이다.

예전에 일어났던 버지니아 공대의 '조승희' 총기난사 사건을 접했을 때였다. 처음엔 그의 잘못에 대한 많은 글이 인터넷이며 뉴스를 가득 채웠다. 그러나 조금의 시간이 흐른 후엔 그러한 행동을 할 수밖에 없었던 '조승희'라는 이의 배경에 관한 글이 올라오기 시작했다. 그의 가족관계, 성격, 환경 등 이른바 왕따의 측면에서 그렇게 될 수밖에 없었던 현실과 그것을 애써 외면한 '우리'들에 대한 비판이 뒤섞이기 시작했다. 그러나 물론 아무리 그렇다 하더라도 그의 행동은 틀렸다는 방향으로 결론지어지고 있었다.

그때 그 사건을 접하면서 떠올랐던 단어가 바로 이 '외로움'이었다. 한낱 기삿거리라고 넘기기엔 마른 목에 침을 억지로 넘기는 것처럼 부드럽지가 않았다. 사실 나 역시도 그런 것을. 나도 외로울 때가 있고, 감추고 싶은 진실을 가지고 있으며, 원망하듯이 따져 묻고 싶을 때도 있었다.

아니, 나뿐일까. 세상의 절반, 아니 그 이상의 사람들이 나와 같지 않을까. 다만 그 속에서 그 진실을 정면으로 마주 보고자 하고 있으며, 스스로의 방식으로 그 속에서 걸어 나오려고 애쓰고 있을 뿐이다. 어떠한 결과나 의미를 부여하기도 전에 이미 스스로 그렇게 해야 하는 것이라며 하루하루를 살아낼 뿐이다. 아주 작지만 소중한 차이가 바로 이런 것이 아닐까. 진실을 외면하지 않으면서, 그 안에서 자신을 찾아내려는 노력. 아주 작지만, 아주 의미 있는 차이라고 생각한다. 바로 그런 모습들이 오늘을 만들어 내는 것이고, '지금'의 자신을 만들어 내고 있는 것이 아닐까.

병원에 가 본 일이 있는지 모르겠다. 동네에 있는 치과나 소아과, 내과가 아닌 대학병원처럼 큰 종합병원을 가본 적이 있는지 모르겠다. 그 곳에서 '어떻게 저렇게 해서 살아갈 수 있을까?' 싶은 이들의 얼굴을 바라본 적이 있는지, 그들의 삶을 들여다 본 적이 있는지. 그들이 살아가는 이유가 무엇인지. 그런 것들에 귀 기울여 본 적이 있는지 모르겠다.

물론 아픔을 가진 그들을 동정하는 것은 결코 아니다. 어려움 없고 아무 문제없는 자신의 모습과 비교를 통해 우월함을 과시하고자 함은 더더욱 아니다. 다만, 그런 이들을 보면서 자신의 외로움을, 내지는 아픔을 되돌아본 적은 있었는지를 물어보고 싶다.

우습지만, 우리는 자신이 모든 것을 알고 있다며, 세상 전부를 모두 안다는 착각을 하곤 한다. 지금 있는 곳이 아닌, 조금 깊어지고 조금 좁아지는 상황이 되면 생각보다 자신이 아는 것이 적은 것이며, 그것이 전부가 아니라는 것에 매번 놀라면서도 말이다.

아마 그래서 '우물 안의 개구리가 되지 말라' 며 어른들이 그렇게 충고하는지도 모르겠다. 이런 얘기가 공부를 시키기 위해 서울로 보내야 한다는 것에 적용될 수도 있겠지만, 실은 세상의 일과 견주어 자신을 살펴보고, 넓게 바라보라는 의미가 더 강하지 않을까.

지금의 모습이 전부인 것처럼 살아가지 말라며 간절하게

부탁하는지도 모르겠다. 조금만 상황이 호의적으로 바뀌면 올챙이시절 모르는 개구리가 되지 말라고, 약간만 비관적으로 바뀌면 세상걱정 혼자 껴안은 것처럼 살아가지 말라고 진심어린 충고를 하고 있는 지도 모르겠다.

그래. 정말 외롭지 않은 사람은 없는 것 같다. 아니 누구나 외롭다. '아니다'라며 부인하는 이들의 소리를 귓전으로 넘기며, 그렇게 말하고 싶다.

그러나 그것이 전부는 아니다. '누구나 외롭다. 그래도' 이렇게 말하는 것으로 마무리를 짓고 싶다. 만물의 영장으로, 본능을 넘어선 이성을 지니고 있는, 환경의 영향을 받지만 환경을 지배할 수 있는 사람으로서의 그 삶을 지켜내고, 성숙되게 하기 위해 노력해야 하지 않을까. 우리는 이미 같은 환경 속에서도 다른 모습으로, 다른 삶을 살아갈 수 있다는 사실을 경험을 통해 알고 있다. 그런 과정들 속에서 진정한 평가는 이루어져야 하지 않을까. 사람다운지, 아닌지. 노력하였는지, 아니었는지.

어차피 외로울 수밖에 없는 인생이다. 재벌에 대통령, 능력 있는 사람이라고 해서 예외는 아닐 것이다. 물론 가난한 삶의 고리를 끊어내지 못하는 이도 마찬가지일 것이다.

얼마 전까지 베스트셀러가 되어 있던 어느 책이 생각난다. 「가난하다고 꿈조차 가난할 수는 없다」 책 제목을 보는 순간 '우리가 사람답게 살아가려고 애써야 하는 이유가 여기 또 있네' 라는 생각을 했었다.

모든 사람들이 외롭고 힘들다고 해서 '죽음'을 선택하고, 인생의 결과에 대한 책임을 다른 이에게 넘기지 않는다. 다만, 주어진 현실을 정확하게 바라보려고 노력하고 있으며, 그 속에서 할 수 있는 최선의 선택을 하기 위해 노력하고 있을 뿐이다.

그러면서 마음을 나눌 수 있는 동무를 만나기도 하고, 인생의 절반을 함께 할 동반자를 만나 서로 짐을 나누며 살아간다. 모두들 그렇게 살아가고 있는 것이다. 비슷한 모습으로, 비슷한 방식으로 말이다. 그러면서 그 속에서 스스로 확인해보고 있는 것이다. 외롭지 않을 수는 없겠지만, 적어도 혼자 살아가지는 않는다는 사실을, 모든 것을 함께 할 수는 없겠지만, 적어도 나누면서 살아갈 수 있다는 사실을 하나씩 하나씩 배워가고 있는 것이다.

그런 길은 없다

– 베드로시안

아무리 어둔 길이라도 나 이전에 누군가는 이 길을 지나갔을 것이고,
아무리 가파른 길이라도 나 이전에 누군가는 이 길을 통과했을 것이다.
아무도 걸어가 본 적이 없는 그런 길은 없다.
나의 어두운 시기가 비슷한 여행을 하는 모든 사랑하는 사람들에게
도움을 줄 수 있기를.

관세음보살 이야기
— 관세음보살본행경

예전부터 오래된 전래동화처럼 여겨졌던 관세음보살에 대한 궁금증으로 여기저기 기웃거리다가 우연한 기회에 구입한 책이 바로 「관세음보살 이야기」이다. 아마 자신의 종교를 불교라고 얘기하는 사람 중에 '관세음보살'이라고 간절하게 불러보지 않은 사람이 있을까. 가끔 심한 폭풍우가 밀려드는 갑판 뱃머리에서, 혹은 천 길 낭떠러지 벼랑 앞에서, 의식이 어떠한 판가름을 하기 전에 이미 무의식은 관세음보살을 애타게 부르고 있었다. 천수 천안 관세음보살이나 투시는 모습을 상상하면서 말이다. 애끓는 심정으로 무엇인가를 붙잡고 싶었고, 간절하게 애원을 하고 싶을 때는 습관처럼 발길은 그곳으로 향하고 있었다. 마치 아이가 엄마를 찾는 자연스러움으로. 그런데, 그 관세음보살에 대한 책을 이렇게 마주하고 보니, 마음이 한결 부드러워지는 것이 실로 오랜만의 평화가 찾아온 느낌이었다.

책을 읽어가는 동안, 다음에 펼쳐질 내용이 궁금했다. 편한 소설책처럼 읽어지는데, 가볍게 책을 넘겨서는 안 될 것 같다는 적당한 부담이 읽는 내내 머리를 떠나지 않았다.

삶에 대한 평가, 아니 지금 나의 삶의 대한 질문을 해대는 것 같은 많은 생각이 한 페이지에서 한참을 머물렀다. 거기에 묘선 공주가 나오는 부분이 있다. 잠깐 소개하자면 그녀는 부처님처럼 왕족출신으로 태어났으나, 굳이 불제자의 길을 고집한다. 그러나 유독 묘선공주를 어여삐 여긴 묘장왕(묘선공주 아버지)과 심한 반대에 부딪치게 되었다. 급기야 묘장왕은 삼보에 대한 어긋난 행동을 하게 되었고, 이에 결과론적인 병마가 생기게 되었다. 하지만 묘장왕은 묘선공주의 두 눈과 두 손으로 다시 태어나게 되었고 그 후 묘장왕 역시 묘선공주의 인도를 받고 불도의 길을 가게 된다.

조금은 전래동화와 같은 권선징악의 면도 없지 않지만, 그 전에 불제자라면 전설 이야기라며 한 곳으로 쌓아 물리기보다는 조금 물러서 거울 앞에 서 있는 자신을 들여다보게 하는 느낌이었다. 마치 백설공주에 나오는 마법거울처럼 천천히 물어오는 것 같았다. 그대는 잘 살고 있는지, 부끄럽지 않은지를, 자비로운 마음으로 살아가고 있는지 그렇게 묻는 것 같았다.

어떤 사람이 왼쪽 어깨에 아버지를, 오른쪽 어깨에 어머니를 메고 히말라야를 백 번 천 번 돌아 살갗이 터지고, 뼈가 부서진다 할지라도 부모의 은혜에는 미칠 수 없다.

어떤 사람이 부모를 위하여 백 자루의 칼로 자기 몸을 쑤시며, 천겁을 지낸다 할지라도 부모의 은혜는 미칠 수 없다.

또 부모를 위해 자기 몸을 불에 사르기를 억만 겁 할지라도 부모의 깊은 은혜는 미칠 수 없다.

'부모은중경'이라는 경전을 들은 적이 있다. 부모의 은혜에 대한 경전. 무엇으로 내 몸을 주신 부모의 은혜와 비교할 수 있을까. 불제자가 아니라 해도, 부모의 은혜에 대해 마음껏 갚아드리지 못하고 사실은 누구를 막론하고 높고 낮음 없이 한 가지일 것이다.

그럼에도, 오늘 밥숟가락 넘기는 일이 어렵다고, 내 마음 알아주지 않는다고 그 은혜 가벼이 여겨 쉬이 돌아섰던 순간. 분명 내게도 있었다. 그랬기에 이 책에서 이 글을 읽는 순간 마음이 참 많이 아팠다. 스스로에 대한 죄책감에 지금이 그 끝이었으면 좋겠다는 생각을 했었다.

이제는 조금 덜 힘들었으면 좋겠다. 다른 누구를 위해서

가 아니라 내 자신이 편해지기 위해서라도, 내가 내 마음을 조금만 더 이길 수 있었으면 좋겠다는 생각을 해본다. 법정 스님의 말처럼 마음을 따르지 말고 마음의 주인이 될 수 있었으면 좋겠다. 매번 쉽게 흔들리는 마음과 요동치는 어리석음도 함께 줄어들었으면 좋겠다. 그래서 더 늦기 전에, 부모님의 마음을 아껴 따뜻하게 어루만져드릴 수 있었으면 좋겠다. 너무 늦기 전에.

보살은 평등한 마음으로 자기가 지닌 물건을 남김없이 모든 중생에게 널리 베푼다.
베풀고 나서 뉘우치거나 아까워하거나 대가를 바라거나 명예를 구하거나 자기 이익을 바라지 않는다.
다만, 모든 중생을 구제하고 이롭게 할 뿐이다.
몸소 성인들이 쌓은 행을 배우고 생각하고 좋아하며, 몸소 실천하고 남에게 말하며, 중생에게 괴로움을 여의고 즐거움을 얻게 하려는 것이다.
이것이 보살의 마음이옵나이다.

삼보를 인정하지 않는 묘장왕에게 묘선공주가 한 이야기이다. 자비. 아마 교회에 다니는 사람들은 '자비'라는 단어가 아닌 '사랑'이라는 단어가 그 의미를 대신할 것 같다. 어느 종교에서든 그 주체는 마음인 것 같다. '스스로의 마음' 그 마음에 관한 이야기를 듣고 배우는 것에 종교의 우위를 따지는 것은 부질없는 일 같다. 오로지 마음의 소리에 귀를 기울이고, 그 마음이 행하는 길이 아름다운 곳을 향하고 있는지를 재차 물어보고 또 물어볼 일이다.

사실 자신의 마음을 다스리는 일이나 자신보다 다른 사람의 마음을 먼저 헤아린다는 것은 몇 줄의 글처럼 쉬운 일이 결코 아니다. 연습도 필요하고 시행착오도 겪어야 한다. 하지만 그런 과정 속에서 조금씩이라도 나아질 수 있다면, 애써 노력해볼 일이다. 아니, 그렇게 믿는 것으로써 출발을 삼고 싶다.

내 인생이 최고

가슴속까지 콱콱 막히게 하는 더위와 괜한 씨름을 할 필요가 없겠다는 생각에 마트에서 나오면서 바로 택시에 올라탔다. 택시에 올라타자마자 전해져오는 기분, 산림욕을 하는 상쾌함과는 거리가 있지만 시원함만은 분명했다. 목적지를 말하고 나니 택시 아저씨가 한두 마디 말을 건네 왔다.

"아들놈한테 용돈 달라고 했더니 '아버지가 더 버시잖아요?' 그러는 거야. 가까스로 10만 원 받아왔지. 며느리한테 용돈을 20만 원 주는 것도 모르면서. 그래야, 나중에 국이라도 한 그릇 얻어먹지. 아들놈은 소용없어!"

웃음으로 밖에 달리 표현할 길이 없었다. '굉장히 즐겁게 사시는 것 같아요. 밝아 보여요' 라며 말을 건넸더니, 돌아오는 답이 제법 그럴싸했다.

"그래도 내가 제일이야. 높은데 있던 놈들 정년퇴직해서 나와 갈 데 없고, 반기는 데 없어 이리저리 기웃거리는데, 나는 내가 가고 싶은 곳에 갈 수 있고, 돈도 벌 수 있고, 내 나이 64살인데, 이만하면 충분하지. 원래 다 그렇게 사는 거야. 즐겁게 사는 거야. 인상 쓰고 산다고 달라지나. 다 그렇게 사는 거야. 신용불량자가 되어서 좀 문제지만 말이야."

"신용불량자요? 아니, 어떻게 하시다가?"

"그날 아침에 세수한다고 고개만 안 숙였어도. 내가 비자금 800만 원이 들어 있는 통장을 호주머니에 넣어두었는데, 그게 세수를 한다고 고개를 숙였다가 떨어졌어. 그걸 뒤에 있던 마누라가 본 거야. 그래서 털렸지. 그랬더니 예전에는 돈 없다고 하면 지갑에 몰래 넣어주더니 요새는 국물도 없어. 며느리한테 더 있을지 모른다고 은행에 알아보라고 하지를 않나. 그때 내가 세수만 안 했어도."

분명히 상황은 불쌍한 상황인데, 왜 웃음이 났던지. 내 웃음에도 아랑곳하지 않고 계속 말을 이어가셨다.

"그래서 내가 대출이 좀 있지. 얼른 갚아야 하는데, 50만 원이나 대출이 있거든. 얼른 갚아야 하는데. 거기 있어. 거기 나무 밑에! 내가 얼른 돌아올 테니까."

갑자기 무슨 소리인가 했더니, 벌써 아파트 입구에 차가 들어온 것이었다. 얘기를 하시다가 택시를 타러 입구로 걸어 나오는 아이와 엄마를 발견한 것이었다.

고맙다는 인사와 함께 아파트를 돌아 빠져나가는 택시를

바라보면서 순간 많은 생각이 떠올랐다. 신용불량자라는 표현도 그렇거니와, 50만 원이나 대출이 있다며 걱정하던 모습, 며느리한테 용돈을 줘야 나중에 국이라도 한 그릇 얻어먹을 수 있다는, 또한 이렇게 살고 있음에도 내놓으라는 자리에 있던 놈들보다 낫다는 말을 거침없이 하시는 모습에서 이 세상을 살아가는 새로운 방식을 만난 것 같은 느낌이었다. 뭐랄까. 가엾지 않은, 오히려 당당하기까지 한 그런 삶이었다.

신용불량자라는 표현도 이렇게 만나니 제법 재미있게 들려온다. 높은 자리에 있는 사람들보다 못나서 이렇게밖에 살지 못해 억울하다는 이야기를 듣지 않았던 나는, 어쩌면 운이 좋은 사람인지도 모른다. 억, 억 하는 세상에 50만 원씩이나 대출을 했다며 걱정을 하는 모습은 오히려 인간적이기까지 했으니. 물론 며느리한테 용돈을 주어야 국이라도 한 그릇 얻어먹을 수 있다는 말에서는 예전과 다르게 변해버린 세월에 대한 원망도 있었지만, 그래도 함께 동행 하겠다는 삶의 자세를 보여주는 것이 내심 미안함과 고마움이 교차하는 느낌이었다.

그러나 무엇보다도 '즐겁게 살아야지. 인상 쓰고 산다고 달라지나. 다 그렇지. 그렇게 사는 거야. 나이 먹을수록 더 그래야지'라며 나름의 인생철학을 웃으면서 얘기하던 모습이 머리를 떠나지 않는다.

그래. 정말로 웃으면서 살아야지. 내일의 일도 모르면서 혼자 다 아는 것처럼, 혼자 모든 짐을 다 어깨에 진 것처럼 그렇게 살지 말아야지. 세상 걱정 혼자 다 짊어진 것처럼 웃을 일 앞에서도 애써 걱정을 떠올려 참는 어리석음을 범하지 말아야지. 정말 그래야지. 정말 그렇게 해야지. 다짐에 다짐을 해보았다.

내일의 일을 다 알 수가 있다면 얼마나 좋을까. 아니, 아니다. 욕심이라는 것은 끝이 없는 것이어서, 내일의 일을 다 알아낸다고 해서 끝이 날 것 같지가 않다. 알아내고 나면 그 다음은 가장 좋은 결과만을, 그 다음에는 그 결과가 언제 이루어지는지를 원할 것 같다. 그러니 끝도 보이지도 않는 욕심들에게 마음을 내어주기보다는 차라리 그런 마음 다잡는 일에 시간을 더 내는 것이 현명할 것 같다.

세상에는 정답이라는 것이 없다. 이런 저런 정답들로 채워져 있기보다는 오답을 피해가는 것으로써 살아내는 모습을 더 쉽게 볼 수 있다. '어떻게 살아가느냐'에 더 의미를 둔 사람들이 자신만의 가치로써 살아가는 모습을 더 자주 느낄 수 있다.

그들은 어떤 누군가가 정해놓은 삶의 가치를 두고 높거나 낮은, 똑같거나 다른 것으로 따지기에 앞서 스스로 부여한 삶의 가치에 의미를 부여하고 그것을 찾는 일에 더 익숙한 사람들이다. 지금을 둘러보며 스스로 최소한 오답만은 피해야지 하며 겸손하게 살아가고 있는 그런 사람들이다. 혹시 모를 일이다. 그런 사람들과 함께 살고 있는 나도 언젠가 '내 인생이 최고' 라며 외치게 되는 날이 올지도.

부부로 산다는 것은

1

국어사전에 보면 '이해'라는 단어에 대해 '사리를 분별하여 앎 또는 말이나 글의 뜻을 깨쳐서 앎'이라고 정의되어 있다. 생활 속에서 가장 쉽게 뱉어내는 말이면서 스스로 잘 해내고 있다고 믿는 말이 바로 '이해'라는 말이 아닐까. 그만큼 이해라는 단어는 우리 생활에서 너무 익숙한 단어이며, 꼭 필요한 단어이다.

가끔 자신이 말하고 있는 그 '이해'라는 단어에 너무 완벽한 믿음을 가져버려 오류를 범하기도 하지만, 어찌되었든 이 사회에서 '이해'라는 말은 꼭 필요한 말이며, 넓게 포용되어야 할 자세이기도 하다.

'이해'라는 말은 사용하기 이전에 제3자에게 객관적인 이해를 구하는 것인지, 동지를 얻기 위한 이해를 구하는 것인지부터 분별해내는 능력을 갖추어 내는 일이 쉽지가 않다.

그리고 이것은 학력이나 능력, 혹은 지식에 의해서 배워지는 일은 아닌 것 같았다. 가끔 충분하게 배우지 못하였으며, 위치 또한 높지 않은 자리에서 유감없이 발휘되는 모습을 본 적이 있는데, 그럴 때 조금 더 배웠다고 부리는 오만함에 참 많이 부끄러웠던 기억이 있다. 어쩌면 이것도 다른 무수한 삶의 방편처럼 반복되고 연습해야 이루어지는 건지도 모르겠다.

결혼생활을 시작하기 전에 가장 많이 들었던 조언이, 상대방을 고치려 하지 말고 이해하도록 노력하라는 것이었다. 물론 학교에서도 즐겨 들었던 것 같다. 좋은 친구는 친구의 단점까지도 이해하고 인정하는 것이라고. 좋은 친구가 되기 위해, 또 좋은 친구를 얻기 위해서 그런 노력을 해야 하는데, 이것이 결혼생활을 시작하는 부부에게도 적용된다는 것이었다. 좋은 친구를 얻기 위한 그 이상의 노력이 필요하다면서 말이다.

눈 뜨는 아침부터 눈 감는 밤까지 일상에서 부딪치는 수만 가지의 모습들 중에는, 몇 십 년 동안 다르게 살아온 방식 때문에 허락되지 않고 이해되지 않는 것들이 많이 있다는 것이다. 그렇게 부딪치는 일들 앞에서 바로 이 '이해' 라는 것이 필요하며, 예전엔 알고만 있었다면 이젠 '이해'를 본격적으로 실천해야 한다는 것이었다.

일전에 이런 일이 있었다. 가끔 남편은 머리를 손으로 만지는 버릇이 있었다. 물론 지금도. 어머님께서 어떻게든 고쳐 보려고 했었는데 안 되었다며 내게 '네가 한번 고쳐봐라' 라고 하셨다. '네' 라고 대답을 하고선 며칠 동안 남편이 머리에 손을 얹으면 '또 손 올라갔네' 라며 얘기를 했었다. 전에는 별로 신경을 쓰지 않아서 몰랐는데, 어머님의 얘기를 듣고 보니 확실히 머리에 손을 올리는 버릇이 있었다.

며칠이 지나자, 남편이 이런 내게 '손 올리지 말라' 고 얘기하는 것이 별로 기분이 좋지 않다고 했다. 처음엔 좋지 않은 습관을 이야기해 준 것을 왜 저렇게 표현을 하는지, 좀 섭섭한 마음이 들었다.

그러나 그것도 잠시, 생각을 해보니 '얼마나 싫었으면 내게 저런 표현을 할까' 싶었다. 한편으로 남편 역시 내게 좋아 보이지 않은 습관이 있어도 그냥 이해하고 넘어가고 있는 것은 아닐까 라는 생각도 들었다.

그렇게 조금씩 생각의 폭을 넓혀가다 보니, 그리 섭섭해 할 일도 아니라 여겨졌다. 언젠가 읽었던 책에서처럼, 내게 보여 지는 모습보다 스스로 문제가 없다면 그냥 두는 것도 괜찮겠다는 생각이 들었다. 그것이 건강에 영향을 주고, 결혼생활에 영향을 줄 만큼의 큰 문제가 아니라면, 애써 내가

해결을 해주겠다는 식의 생각을 버려야겠다고 내심 다짐을
했었다.

친구를 사귀는 과정에서도 그랬던 것 같다. 단짝 친구라
는 표현처럼, 학창시절에는 무조건 함께 했어야 했다. 무엇
을 해도, 다른 사람과 아닌, '내'가 먼저였으며, 또한 그것
이 가장 자연스러운 모습이었다.

하지만 시간을 더해가면서 조금씩 느끼기 시작한 것 같
다. 가까이 있어 무엇이든 함께 고민하고 해결을 하면 좋겠
지만, 곁에 없다고 해서 이해를 못하고, 함께 해주지 못하는
것은 아니라는 것을. 그리고 내게 보여 지는 모습보다 스스
로가 행복하다고 느껴지는 모습이 더 의미있다는 것을. 그
렇게 마치 좋은 배경처럼 곁을 지켜주는 모습만으로도 충분
하다는 생각이 들기 시작했다. 친구에게든, 남편에게든, 그
누구에게든 말이다.

요즘 더욱 그런 느낌이 든다. 너무 가까이 붙은 나무는 잘
자라지 못하는 것처럼, 적당한 간격을 유지하면서 살아가는
모습을 고민해본다. 그렇다고 무엇을 하든 신경을 쓰지 않
겠다는 것도 아니며, 믿지 않겠다는 것도 아니다. 아니, 오
히려 더 믿어주고 싶은 것이며 '이해'의 폭을 넓히고자 함
이며, 그것을 실천하고자 함이다. 다만 조금 비켜선 자리에
서 느긋하게 지켜주고 싶어졌다고나 해야 할까.

그러나 그렇게 하기 위해서는 아직 해야 할 것이 많은 것 같다. 쉽게 섭섭해지는 마음도 다스려주어야 하고, 일의 앞뒤를 가려내는 연습도 많이 해야 할 것 같다. 그리고 무엇보다 끝까지 '함께 하겠다는 마음'을 스스로 자주 확인해야 할 것 같다. 물론 내 옆에 있는 사람이 '내 생애 최고의 사람'이라는 확신을 심어가면서 말이다. 이렇게 연습해 나가다 보면 언젠가 그런 말을 건네받을 지도 모르겠다. '함께 해주어서 너무 고맙고 행복하다.'라고.

2

딸아이가 13개월쯤 막 지났을 때였다. 나무며, 꽃, 비둘기 등 길을 가다가 자신이 좋아하는 거나 아는 것이 나오면 표현을 참 많이 했었다. 가끔 아이에게 신선한 바람과 높은 파란 하늘을 보여 주고 싶으면 집 뒤에 있는 공원을 향했다.

사물 인지를 하기 시작하면서 집에서 매일 본던 물건이 아닌데도 기억이 났던지 좋다면서 여기저기 손가락으로 가리키곤 했다. 그리고 이해하지 못하는 소리로 '우, 우' 소리 내는 모습을 흐뭇하게 바라보다가 집으로 돌아오곤 했었다.

가끔 공원에 같이 나온 사람들과 이야기를 나누다가 딸아이가 아는 것을 가리키며 표현을 하는 것을 보고는 '애가 영리하네요' 라는 소리를 듣기도 했었는데, 왠지 모르는 뿌듯함에 으쓱 고개를 한번 올려보기도 했다.

그러면 퇴근을 하고 돌아온 남편에게 공원에서 있었던 일을 자랑스럽게 얘기했었다. 공원에서 다른 사람들과 함께 있었는데, 우리 딸아이가 똑똑해 보인다고 하더라며. 남편은 별 반응 없이 가만히 듣고 있지만, 연하게 퍼져가는 미소까지는 감추지 못했다. 아마 그것은 낮에 내가 느꼈던 그런 뿌듯함, 아마 그 비슷한 감정이지 않을까 생각되었다. 비록 그것이 다른 모든 아이들이 하는 행동임에도, 그리 큰 의미를 부여하지 않아도 되는 일반적인 발달인데도, 그런 것들로써 서로가 특별해지는 느낌은 싫지 않았던 것 같다.

자식을 가진 부모라면 별반 다르지 않은 것 같았다. 한 개라도 잘하는 것이 있으면 다른 사람에게 이야기하고 싶고, 자랑하고 싶고, 그 특별함에 대해 알아주길 희망한다. 물론 그것이 자연스럽게 그 시기에 나타나는 행동임에도 내 자식만이 할 수 있는 특별한 일이라며. 때론 조금 과하다 싶은 영재성을 운운하기도 하면서 말이다.

그리고 이런 말을 경계하는 남편들 역시, 내색하지는 않지만 자식이 자라나는 과정에서 겪는 이런 모습들이 삶을 지탱하는 축이라는 것을 부정하지는 않는 것 같다. 부부이기에, 자식의 일이기에 지극히 자연스러운 부분이라 믿는 모습들이 아닐까.

결혼을 해 자식이 생기면서 많은 감정들이 새롭게 생겨나면서, 의미가 없던 일들이 하나씩 의미를 더해져 간다. 어디를 가든 자식자랑은 끝이 없다. 어디, 이것이 우리들만 그럴까, 나의 부모님도 그러했을 것이며, 다른 자식을 가진 모든 사람이 그랬을 것이다.

그런데, 요즘은 이런 이야기를 많이 듣는다. 자식이 커 가면 육체적으로 힘이 드는 일보다 정신적으로 마음 쓸 일이 더 많아질 거라고. 차라리, 지금처럼 어릴 때가 낫다는 말을 참 많이 듣는다. 농담처럼 임산부에게 아기가 뱃속에 있을 때가 가장 좋다고 말하는 것처럼, 커 갈수록 힘이 들고 신경 쓸 일이 많아진다고 했다. 아직 겪지 않은 일이기에 먼저 그 일을 경험한 이들의 얘기에 마음이 쓰이는 게 사실이다.

또 한편으로는 '내 자식은 안 그러겠지' 라는 막연한 희망도 걸어본다. 하지만 장담할 수 있는 것은 세상에 한 가지도 없는 것을. 걱정되는 것도 어쩔 수가 없다.

나는 뱃속의 아기가 태어나 뒤집기를 하고, 아장 아장 걸어 다니는 모습이 참으로 고마웠다. 지금은 동생이 태어나 원치 않는 '누나' 자리를 꿰차게 되었고, 동생 탓에 혼날 일도 늘어나버렸지만, 유치원을 씩씩하게 다니는 모습과 나의 이야기보다 제 할 말이 더 많아진 지금의 모습이 참으로 대견스럽고 사랑스럽다.

그리고 지금이 아닌, 조금 더 자라난 후의 모습도 궁금하다. 어떤 방식으로, 어떻게 해결하면서 자신의 삶을 살아나갈지 많이 궁금하다. 내가 해야 할 일은 바로 이것이란 생각을 해본다. 미래를 궁금해 하면서 곁을 지켜주는 일. 미리 걱정하기보다는 어떻게 살아가는지를 보여주는 일이 더 마음을 써야 하지 않을까.

아니, 어쩌면 이런 나의 노력과 상관없는 결과가 올지도 모를 일이다. 그렇지만 그것 역시 알 수 없는 일이다. 그래서 모르는 일에 대한 걱정은 미리 하지 않기로 했다. 다만 꾸준한 운동과 좋은 음식, 충분한 수면이 건강한 삶을 이야기할 수 있듯이, 하루를 충실하게 살아가는 것으로써 그런 걱정을 덮어가고 싶다.

그리고 무엇보다 그것을 함께 할 사람이 '부부'라는 이름으로 곁에 지키고 있으니 얼마나 든든한지 모르겠다. 조금 멀리 있는 산처럼 보이는 곳에 있으나 가볍지 않으며, 익숙하지만 깊은 속을 품고 있으며, 내가 일어서지 않는 한 먼저 자리를 정리하지 않는 그 사람이 나의 오랜 길을 함께 할 거라는 믿음으로 오늘을 지켜주고 있으니, 이 정도면 충분하지 않을까. 그런 생각을 해본다.

함께 있되 거리를 두라. 그래서 하늘 바람이 그대 사이를 춤추게 하라.
함께 노래하고 춤추며 즐거워하되 서로는 혼자 있게 하라.
마치 현악기의 줄들이 하나의 음악을 울릴지라도 줄은 서로 혼자이듯이.
함께 서 있으라. 그러나 너무 가까이 서 있지는 말라.
사원의 기둥들도 서로 떨어져 있고 참나무와 삼나무도 서로의 그늘 속
에선 자랄 수 없으니

- 칼릴 지브란

가을 하늘

파란 하늘에 하얀 구름 떠가는 것을 가만히 바라볼 수 있는 토요일 오전, 참으로 행복한 순간이다. '오늘이 어제 죽어간 이가 그토록 바라던 내일이다' 라는 말이 실감나게 사무치는 이 순간, 어디를 향해 가는지 모르는 구름을 쫓아가 본다.

머뭇거림이 느껴지는가 싶더니 이내 저만치 달려가 있는 것이 연인들의 줄다리기 하는 모습이 떠오르기도 한다. 다른 모든 것들과 마찬가지로 잡고 놓으며 적당한 간격을 유지하는 모습이 참 많이 닮은 듯하다. 그러고는 언제 그런 일이 있었느냐는 듯이 다시 한데 어우러져 있는 모습을 보면 '니와 내가 다르지 않고 하나인 것' 이라는 고귀한 문구도 떠올려진다.

구름은 어찌 저리 많은 모습을 가졌는지 모르겠다. 천진난만한 미소의 아이에게 솜사탕을 가져다주기도 하고, 달나라 토끼가 별을 타고 내려온 것 같아 눈길이 가는 곳마다 마음이 내려앉아 저절로 '동심'이 생겨나게 한다.

그리움 가슴 가득 안은 사람에게 보고픈 이를 데려다 주기도 하고, 눈물 가득한 사연 안고 바라보는 이의 가슴에 시원한 바람 불러 고요하게 머리를 쓰다듬어주기도 하고, 마음만큼 표현해내지 못하는 이의 가슴마다 숨구멍 하나씩 내어주기도 한다. 그러나 이런저런 모습을 떠나 세상의 들썩거림을 전혀 신경 쓰이지 않는다는 듯이 여유로움을 놓지 않는 모습이 솔직히 제일 부럽다.

흔히 가을이 되면 하늘은 높고 말이 살찌는 계절이라고 하였다. 독서를 하기에도 좋은 것은 물론이다. 하늘은 그렇지 않아도 높은데, 더 높아지면 그 발꿈치도 미치지 못하는 나 같은 사람은 이 가을에 하늘을 어떻게 바라보라는 건지. 흘러가듯 떠내려가는 구름을 이렇게 쫓아다니기만 하면 되는 건지. 그저 부러운 마음으로 시선 둘 곳을 찾기만 하면 되는 건지. 놓쳐버린 것들에 대해 잠시 안타까워하기만 하면 되는 건지 모르겠다.

다른 것들은 몰라도 세상의 들썩거림에 신경 쓰지 않는 저 여유로움은 도대체 어떻게 배워야 할 지 모르겠다. 돈을 주고도 배울 수 없는 것이 있다고 하더니, 오전 내내 바라보고 있는데, 이렇다 할 가르침을 주지 않는다. 내가 마음에 들지 않는 건지.

조금 전부터 '온다, 간다' 말도 없이 구름은 어디론가 다 떠나가 버리고, 텅 비워지고 속이 꽉 찬 파란 하늘이 나를 물끄러미 바라보고 있다. 내 마음의 공허함을 눈치라도 챘는지, 속내를 보이지 않는다.

조금 평온해졌는지, 여유로움이 생겨났는지, 인색해지려는 마음은 조금 열려졌는지 물어오는 것 같다. 어디 그 뿐일까. 불필요한 것들에게서 조금 자유로워졌는지, 몸에 맞지 않은 짐은 옆으로 비켜놓았는지 재차 확인하는 것 같기도 하다. 작년에도 비슷했던 것 같다. 아마 이 즈음이었지 싶다. 9월. 시작되었음이다. 언제나처럼 묻고 답하는 긴 여행이 시작되었음이다.

비가 온다

대략 보름정도 된 것 같다. 이리저리 굴러다니는 돌멩이처럼 하루에도 제자리에 가만히 있지를 않고 방황하며 보낸 시간이. '마음을 따르지 말고 마음의 주인이 되라' 고 하신 법정스님의 글귀를 매일 쳐다보면서도 마음의 주인이 되지 못하고 일순간 일어난 마음 따라 이 길로 한참 갔다가, 뒤이어 일어난 마음 따라 또 저 길로 들어서기를 몇 차례. 그러는 사이에 동쪽에 있던 해는 서산너머로 훌쩍 넘어가 있고, 대낮의 폭염은 열대야라는 울타리로 변해있었다. 물론 어떤 식의 해답을 얻지 못하면서 또 다른 물음을 되묻는 지루한 반복을 계속했던 것 같다. 지독한 폭염과 함께 보낸 지독한 열병의 시간이었던 것 같기도 했다.

며칠 전에서부터 간간히 비 소식이 뉴스에서 흘러나오더니 어제 저녁부터 비가 오고 있다. 장마며, 폭우라는 소식에 비 피해로 마음 고생하던 사람들의 이야기는 어느새 나에겐 오래된 일이 되어버렸는지, 이번 비의 양이 제법 많다는 소리에 걱정보다는 반가움이 먼저 고개를 내민다. 나의 열병마저 식혀줄 수 있을 것 같은 장대비를 은근히 기대하기까지 한다.

물론 이 얘기로 복구에 한참 고생하실 분들의 마음을 다치게 하지는 않을까 염려가 생겨나기도 하지만, 늦은 열병에 고생하는 철없음이라 여기시어 가엽게 보아주시길 기원해본다. 어찌되었든 이런저런 사연들을 뒤로 하고, 지금 비가 오고 있다.

마음의 길은 언제나 수만 가지의 갈림길을 가지고 있는 것 같다. 불교에서 마음을 파도라고 표현한 것처럼 한 생각이 일어나면 정말 파도처럼 수많은 생각이 뒤따라와 최초의 생각이 무엇이었는지에 대해 되묻는 어리석음을 범하기 쉬운 것 같다. 아마 이번 나의 열병도 그 중의 하나였지 싶다.

나 자신에게 물었던 질문이 무엇이었는지 생각이 나지 않는다. 다만 조금 전 실연당한 사람처럼 비를 맞으면서 아파트를 한 바퀴 돌고 왔을 뿐인데, 한결 가벼워진 느낌이다. 마치 삶의 한 코너를 돌아온 것 같은, 조금은 안도되고, 약간은 아쉬운 그런 느낌이다.

십자수 인생

울산 친정에는 두 개의 십자수 액자가 있다. 하나는 관세음보살님이고 하나는 반야심경이다. 첫 아이를 임신하고 태교에 좋다고 하여 십자수를 다시 시작하였는데, 그때 완성한 것이 관세음보살님이다. 거의 가로 삼십 센티미터 세로는 대략 사십 센티미터쯤, 혹은 그 이상의 크기로 작은 작품만 하던 내게는 '대단한 도전'이었다. 태교에 좋다고 하다가 밤늦게까지 붙들고 있어 눈 나빠지겠다는 우려 섞인 목소리를 들어가면서까지 거의 사 개월 만에 완성했었다. 조금 달리 보면 퇴근이 늦은 신랑을 기다리면서 만삭의 배로 할 수 있는 유일한 생산적인 일이었다.

하지만, 십자수 액자를 하기 위해 십자수 가게에 갔는데, '팔 중간쯤에 표시가 나는데, 그래도 그냥 할게요'라며 잘못 작업된 부분을 지적하는 것이었다. 아차, 싶었다. 보통은 수를 놓다가 틀린 곳이 발견되면 다시 풀어서 재작업을 하는데, 놓친 곳이 있었던 것이다.

자세히 보니, 팔 중간쯤에서 방향을 반대로 수를 놓았던 것이다. 똑같은 색으로 채우듯이 수를 놓는 곳이었기에 유심히 보지 않고서는 확인이 되지 않아 놓친 것 같았다. 별생각 없이 잠시 쉬었다가 다시 놓으면서 방향을 다르게 한 것이 분명했다.

'다시 하시겠어요?' 라는 질문에 재작업을 할 상황이 안되었기에 '그냥 그대로 액자해 주세요' 하고 돌아왔는데, 내내 마음에 남았었다. 이런 내 마음과는 상관없이 친정 엄마는 무척 좋아하셨지만.

딸이 수놓은 관세음보살님. 가끔 힘이 들 때면 중얼중얼 외우시는 관세음보살님이 집안에 함께 있다는 사실이 큰 위로가 되는 듯하였다.

그러다가 둘째를 임신하면서 다시 십자수를 하게 되었는데, 이번에는 웃는 달마도사와 반야심경이었다. 이번 역시 크기는 앞의 관세음보살과 비슷하였다. 달마도사는 화내는 모습이 정석이라고 생각하는데, 웃는 달마도사의 모습도 나름 평온함을 챙겨주었다. 왠지 달마도사를 따라 한번이라도 더 미소지을 것 같았다.

예전의 경험이 있었던 덕인지, 이번에는 거의 여섯 달 동안 두 작품을 해내었는데, 큰 문제는 발견되지 않은 채 마무리되었다. 그 중 하나는 어머님에게로, 또 하나는 친정엄마에게로 보내드렸다.

지난번과는 달리 실수가 발견되지 않았음에 안도하고, 또한 기한 내에 잘 마무리가 됐음에 뿌듯해하면서 마치 큰 숙제를 끝낸 사람처럼 홀가분한 기분을 느꼈었다. 그러고 보니 그 후로 다시 수를 잡아본 기억이 없는 것 같다.

십자수는 시작이 자유롭다. 작품의 크기와 상관없이 왼쪽이나 오른쪽의 위, 아래 어디에서 출발해도 무방하다. 또한, 시작을 한 후에도 자유롭다. 조금 더 쉽게 수놓기 위해 같은 색을 마무리 한 다음에 다른 색으로 진행한다든가, 아니면 일정 문양을 마무리 한 다음 다른 문양으로 진행해도 무방하다.

또한, 옆으로 수를 놓아도 상관이 없고, 위쪽으로 수를 놓아가도 상관이 없다. 모로 가도 서울만 가면 된다는 식으로 편하게 수를 놓으면 된다. 먼저 경험을 해본 이들의 이야기에 귀 기울이면 훨씬 수월하게 놓을 수 있다. 더구나 요즘은 수성 펜이 나와서 일정 부분 채워야 하는 곳은 수성 펜으로 표시해놓고 그 안을 채우기만 해도 된다.

하지만, 아래에서 시작하다가 지겹다고 하여 위쪽에서 다시 시작하겠다고 고집을 부렸다가는 낭패를 보게 된다. 또한, 수를 놓다가 틀린 곳이 생겨나면 다시 풀어서 하는 것이 원칙이다. 하지만 그것이 작품에 미치는 영향이 미미하여 풀지 않아도 큰 문제가 없을 것으로 보이면 가끔은 애교로 지나쳐도 무방하다.

하지만 완성된 작품을 만나기 위해서는 이미 정해놓은 규칙들을 유지해나가는 것이 중요하다. 무조건 창조를 해보겠다는 식의 발상보다는 끝까지 마무리해보겠다는 의지가 더 필요하다.

이렇게 십자수를 가만히 들여다보니 우리 삶과 어찌 이리 닮았는지 모르겠다. 시작하는 것보다 하나씩 헤쳐 나가는 것이 더 중요하고, 앞으로 나가면서 지켜내야 할 원칙들이 있고, 약간의 실수에 눈감아줄 수 있는 여유로움도 지녀야 하고, 끝까지 해내어 보겠다는 의지가 필요한 것이 어찌 이리 닮았는지 모르겠다.

무엇보다 끝까지 마무리를 해서 완성을 해내는 것으로써 그 가치를 완성한다는 사실이 어찌 우리와 다르다고 할 수 있을까. 하지만, 누군가 그런 말을 했었다. 십자수처럼 무작정 따라한다고 해서 멋지고 아름다운 완성작을 만날 수 있다면 얼마나 좋겠느냐고. 사실 우리의 삶은 그렇지가 못하다고.

그래, 틀린 말은 아닌 것 같다. 적어도 누군가 만들어놓은 것을 모방하는 작업은 우리 삶에는 허용되지 않는다.

또한 아름다운 마무리를 장담할 수 있는 것도 사실 부족하다. 아니, 오히려 허점투성이고, 다시 시작하고 싶을 때가 더 많이 있고, 대충 내 방식이라며 넘겨버리고 싶어한다.

하지만 그런 생각이 들었다. 어떠한 일을 진행함에 있어, 결과를 중요하게 여기는 경우도 있지만 결과보다는 과정을 더 중요하게 여기듯이 그 사실에 초점을 맞추면 어떨까. 아주 먼 어느 날, 그날의 오후, 어떤 모습으로 기억될지를 떠올리면서 오늘을 채우듯이 살아가는 방식으로 말이다.

우리의 삶에는 요구되는 것이 많다. 인내의 시간이 필요하고, 때론 성숙함을 요구하기도 하고, 나아가 존재 그 자체가 존엄한 가치를 만들어내고 있는지를 확인할 수 있어야 한다.

또한, 인생을 마라톤에 비유하듯이, 완주로써 부여받게 되는 '가치 있는 의미'를 찾아내려는 노력도 게을리 해서는 안 된다. 어느 한 가지라도 보장받은 것은 없지만 소가 되새김질을 하듯이 그 안에서 걷고, 다시 떠올리고, 또 다시 걷고, 또 다시 떠올리는 반복의 연속이다. 실제 무엇이 채워지고 있는지 확인되는 것은 없지만, 믿는 마음으로 빈 허공을 하나씩 채워가야 하는 것이다. 바로 그런 과정이 십자수와 참 많이 닮아있다는 생각이 든다.

자신 앞에 놓인 문제에서 어떤 배움을 얻을 것인가가
당신이 할 일입니다.

– 「인생수업」 중에서

흐르는 강물처럼

유독 물을 좋아해서일까. 새로 이사를 하면서 어항을 마련하게 되었다. 생각해보니 금붕어냐, 열대어냐를 가지고 고민을 한지도 벌써 여러 달이 지났다. 키우기 어렵다는 열대어를 키우다 보니 본의 아니게 살생을 해 그사이 죽어나간 열대어가 열 마리는 족히 넘지 싶다.

장사라도 치러줘야 되는데, 죽은 물고기를 건지는 것조차 무서워 남편이 오기를 기다리거나 친구의 힘을 빌려야 할 형편이어서 미안한 마음 가득하다. 다행히 이제는 안정화 단계에 이르렀는지, 몇 마리가 뒤섞여서 잘 놀고 있어서 먹이 주는 일만 잘 챙기면 된다. 먹이를 들고 그 앞을 조금 서성이기라도 할라치면 언제 보았는지 어미 새를 기다리는 아기 새처럼 어찌나 바쁜지 모르겠다. 그런 모습을 보며 '살아있구나!', '잘 지내고 있구나!' 하며 내심 안심하고 있다.

낮 시간 바쁜 일상에는 가까이 다가가야만 들리는 물소리가 저녁이 되면 제법 크게 울린다. 잠귀가 밝은 사람은 귀에 거슬린다고 할 수도 있을 정도로. 그런데, 나는 그 소리가 싫지 않다. 아니, 제법 소리가 난다는 남편과는 달리 나는 그 소리를 좋아한다. 흐르는 소리가 싫지 않고, 살아 있는 소리가 거슬리지 않는다.

고여 있는 어항에서 들려오는 소리에 살아있다는 표현을 쓰는 것이 어색할 수 있겠지만, 분명 그 안에는 생명들이 살아가고 있다. 숨 쉬고 있으며, 즐거워하거나 때론 슬퍼하기도 한다. 가끔 짓궂은 장난으로 다른 녀석을 귀찮게 할 줄도 안다. 우리의 방식이 아닐 뿐, 그들도 그들의 방식으로 살아가고 있다. 고여 있지만 살아있으며, 매여 있지만 흘러가고 있다.

예전의 영화 중에 〈흐르는 강물처럼〉이 있었다. 그 영화를 보았냐고 묻겠지만, 영화에 '브레드 피트'가 나왔다는 사실 밖에는 모른다. 다만, 그 영화의 포스터를 아주 오래도록 기억하고 있다. 내가 본 포스터 중에서 아직까지 기억되고 있는 것은 이것밖에 없지 싶다. 아마 제목 때문에 기억하지 않나 싶다.

포스터에는 흘러가는 강물 위의 작은 바위에 올라선 한 남자가 반짝이듯 가늘고 긴 낚싯대를 허공을 가로질러 강물 위로 던지고 있다. 그 모습은 외로워 보이기도 했지만, 반대로 의지에 가득 차 보였다. 그리고 강태공처럼 세월을 낚는 여유가 보이지는 않았지만, 모래알처럼 작은 은빛으로 번져가는 소리에 귀 기울이는 모습이었다. 아마 이런 느낌들 때문이었지 싶다. 지금까지 이 포스터를 기억하고 있는 이유가.

내가 '흐르는 강물처럼' 이라는 표현을 좋아하는 것을 알고 했는지 모르겠지만, 파올로 코엘료라는 작가가 낸 책도 바로 「흐르는 강물처럼」이었다. 「연금술사」와 「11분」도 좋았지만, 이번 「흐르는 강물처럼」은 책상 가까이에 두어 마음에 들어 접었던 부분을 접었다가 다시 펼쳐본 것이 몇 번인지 모르겠다. 거기에 칭기즈 칸에 대한 얘기가 나오는데, 잠시 소개하면 이렇다.

칭기즈 칸이 애지중지하던 매가 있었다. 부하와 함께 사냥을 나갔다가 단 한마디도 건지지 못하고 돌아온 날이었다. 목이 말랐던 칭기즈 칸은 여름 가뭄으로 시냇물이 말라 마실 물이 없었는데, 마침 바위를 타고 흐르는 작은 물줄기를 발견하고는 늘 지니고 다니던 은잔으로 꺼내 물을 받았다. 흐르는 물이 적어 작은 은잔을 채우는데도 한참이 걸렸다.

그런데 입에 대려던 순간 매가 날아올라 은잔을 떨어뜨리는 것이었다. 워낙 애지중지하던 매였던 지라, 저도 목이 말라 저러는가 보다 싶어 다시 잔을 집어 물을 받았다. 그런데 이번에도 반쯤 찼을 때 매가 달려들어 물을 쏟아버렸다.

화가 난 칭기즈 칸은 한쪽 눈으로 샘물을, 다른 눈으로 매를 지켜보다가 다시 잔이 차오르길 기다렸다. 그리고 물을 마시려는 순간 매가 날아올라 그에게 달려들자, 매의 가슴을 단칼에 내리쳤다. 그러고 나서 고개를 돌려보니 흐르는 물줄기가 끊어져 있었다. 목이 마른 칭기즈 칸은 물을 찾고자 벼랑을 기어 올라갔는데, 그곳에서 놀라운 광경을 보게 되었다. 물웅덩이 근방에 독하기로 소문난 독사가 죽어있었던 것이다. 아마 물을 마셨다면 그도 죽었을 터였다.

죽은 매를 가지고 막사로 돌아온 칭기즈 칸은 금으로 형상을 뜨게 한 후 한쪽 날개에 다음과 같은 문구를 새겼다. '분노로 행한 일은 실패하기 마련이다' 그리고, 다른 한쪽 날개에는 '설령 마음에 들지 않는 행동을 하더라도, 벗은 여전히 벗이다' 라고 새겼다.

분노라는 감정은 사실 어려운 감정이다. '분노'라는 사실을 인식하는 것조차 어려울 때가 많다. 여러 정황이 그러할 수밖에 없었다고 말을 하면서 유리하게 감정을 바꾸어 감출 수 있기 때문이다. 그래서 어려운 것 같다. 그 사이로 진실을 마주해야 한다는 사실이.

「흐르는 강물처럼」은 그러한 진실에 대한 충고로 가득 차 있다. 어떤 것이 진실인지 아닌지 사실 우리는 이미 알고 있다. 다만, 그런 현실로써 진실을 애써 외면하고 싶었던 건지도 모른다. 작가는 말한다. 그럼에도 우리는 진실을, 진리를 지켜내야 한다고. 그는 칭기즈 칸처럼 역사적인 인물을 통해서든, 평범하기 그지없는 사람들을 통해서든, 그것을 전해주고 싶어했다.

세상을 살아가는 것은 특별한 사람들이 특별하게 만들어가는 곳이 아니며, 또한 부족한 사람들의 서럽고, 가여운 사연만 존재하는 곳도 아니다. 모두 그들만큼의 몫으로 겪어내고, 받아들이고, 보내주고 있다. 그러니 너무 힘겹다 하지 말라고 충고한다. 그러면서 놓쳐진 부분도 있을 수 있으니 다시 한 번 놓치지 않도록 챙겨보라며 깊은 애정을 건넨다.

사실 내가 작가를 좋아하는 이유가 바로 이런 점이다. 어렵지 않게, 무리하지 않고, 흐르는 강물처럼 스며드는 바로 이런 점을 나는 정말 닮고 싶다.

9·11과 관련한 글에서 다음과 같은 부분이 있는데, 그때도 한참을 넘기지 못했는데 여전히 지금도 틈만 나면 펼쳐 놓고 보고 있다.

독일 드레스덴 폭격 직후 있었던 일이다. 한 남자가 세 명의 인부가 일하는 폭격 현장을 지나쳐가고 있었다.

"거기서 뭐 하세요?"

남자가 물었다.

첫 번째 인부가 돌아서서 말했다.

"안 보여요? 돌 치우고 있잖아요!"

두 번째 인부는 이렇게 말했다.

"안 보여요? 돈 벌고 있잖아요!"

"안 보여요?"

세 번째 인부가 말했다.

"교회를 다시 짓고 있잖아요!"

쉽게 이해되지만, 그 깊이가 결코 가볍지가 않았다. 같은 상황에서도 다르게 살아가는 인부의 모습은 우리가 어떻게 삶을 바라보아야 하며, 어떤 자세로 그것을 견디어 내야 하는지를 얘기한다. 언젠가 책에서 읽었던 글이 생각이 난다.

'아무것도 생겨나지 않게 할 수는 없다. 다만, 어떻게 그것을 해결해야 할지를 배워야 할 것이다.'

작가는 쉽지 않지만, 소중한 삶의 가치에 대해 얘기하는 것에 주저함이 없다. 뿐만 아니라, 그 끝을 오롯이 자신의 몫으로 돌아오게 하는 데에도 충분한 힘을 가지고 있다. 자신이 아닌 곳에서 출발하지만, 결국 자신에게로 돌아올 수 있게 하는 힘이 있다. 떠나간 자리의 채워짐을 자연스럽게 받아들이게 하는 힘. 일상을 담아내지만, 세상을 품을 줄 알게 하고, 위대한 인물을 얘기하지만 평범한 내 이웃을 돌아보게 하는 힘. 바로 그런 힘을 가지고 있다.

책 제목 그대로 정말 흐르는 강물처럼 스며들게 한다. 부럽다. 진정으로. 나도 그럴 수 있었으면 좋겠다. 나의 글에도 사람이 살고, 내 이웃이 살고, 세상이 살았으면 좋겠다. 그래서 그 사이로 흐르듯이 이어지는 마음을 확인해 볼 수 있었으면 좋겠다.

세 잎 클로버

우리 아이들이 유난히 좋아하는 풀이 있는데, 바로 강아지풀이다. 잡초가 좀 모여 있다 싶은 곳에서 여기저기 고개를 내미는 탓인지, 익숙함 때문인지 세상에서 강아지풀을 제일 좋은 풀로 알고 있다.

오늘도 어김없이 시장가는 길에 둘째 아이의 눈에 들어온 강아지풀을 뜯어 돌아 나오는데, 문득 내 발아래 무심히 밟혀진 세 잎 클로버를 발견하였다. 그러고는 그 더운 날씨에 혹여나 있을지 모르는 네 잎 클로버를 찾기 시작했다. 물론 언제나처럼 내게 무슨 행운이 오겠느냐며 피식 웃고 곧 돌아 나왔지만. 사람이 이래서 욕심이 많다고 하는가 싶어졌다.

집에 오는 길 갑자기 그런 생각이 들었다. 누가 세 잎 클로버를 '행복'이라 하였고, 네 잎 클로버를 '행운'이라고 하였을까. 좀 개인적이긴 한데, 예를 들어 세 잎이 정상인데,

네 잎이 발견되자 사람들은 의미를 부여하지 않았을까. 돌연변이처럼 생겨난 것에 대한 측은지심으로 말이다. 사소하고 지천으로 깔린 세 잎 클로버에게 미안함을 더해서 말이다. 지나친 억측인가 싶기도 하다.

문득 장영희 교수의 「살아온 기적, 살아갈 기적」에서 보았던 글이 생각이 난다. 자신의 삶을 천형(天刑)이라는 표현한 기자에 대해 불쾌해 하면서 천형의 삶이라 부르는 자신에게도 축복이 있다는 얘기를 했었는데, 어쩌면 천형의 네 잎 클로버가 가진 유일한 축복이 '행운'이라는 꽃말은 아닐까.

이런저런 것들을 떠나서, 애석하게도 나는 세 잎 클로버에게 더 마음이 쓰인다. 너무 많아 스스로 가치를 찾는 것도 어려워 보이고, 높이 자라지도 못하고 넓게 퍼져 앉은 모습에는 애가 탄다.

자기보다 몸집이 큰 나무 곁에서 잠시 네 잎 클로버를 찾기 위해 자신을 흔들어주는 이들에게 '행복'을 애써 전하려는 모습은 안타까운 마음이 생겨난다.

참 닮았다. 나를 참 닮은 모습이었다. 작고 낮은 곳에서 누군가의 인정도 받지 못했어도, 그것을 행복이라 믿으며 살아가고 있으며, 다른 이들에게 보이는 모습보다 스스로 보이는 모습에 애써 의미를 부여하는 모습이, '참 닮았구나'라는 생각이 들었다.

가끔 회색 구름 사이에 작게 숨은 파란 하늘을 발견하고는 반갑고 평온해지는 감정을 발견하곤 했었다. 파란 감정이 생겨나는 잠깐의 그 기분. 앞으로는 세 잎 클로버를 바라볼 때 그런 마음이 생겨났으면 좋겠다는 생각이 들었다.

세 잎 클로버를 무심히 지나쳐 네 잎 클로버를 찾겠다며 허둥대지 않을 수 있다면, 큰 나무 아래 편안히 지낸다고 말하기에 앞서 오히려 내가 너무 큰 나무 아래 있지 않은지 돌아볼 수 있었으면 좋겠다. 그러나 무엇보다 세 잎 클로버에게조차 배울 것이 이렇게 가득한 걸 보니, 배우는 즐거움을 잃어버리지 않도록 노력해야 될 것 같다.

살아간다는 것. 나이를 먹는다는 것은 마음 가는 것이 많아지는 것 같다. 나이 드신 분들에게서 나이를 먹으면 눈물이 많아진다고 하는데, 그것은 어쩌면 사람과 인생과 삶에 대해 누구를 막론하고 내어주는 마음이 늘어나기 때문에 그런 것이 아닐까.

애써 외면했던 사람이 눈에 들어오고, 듣고 싶지 않았던 사연에는 마음이 먼저 따라가고, 보이지 않은 길을 잘 걸어왔다며 안아주고 싶어지는 마음. 바로 그 마음이 나이와 함께 많아지는 것은 아닐까. 조금 더 시간이 지나면 선명해질까. 아직은 조금 추측해볼 뿐이다.

사랑하라, 한 번도 상처받지 않은 것처럼
춤추라, 아무도 바라보고 있지 않은 것처럼
사랑하라, 한 번도 상처받지 않은 것처럼
노래하라, 아무도 듣고 있지 않은 것처럼
일하라, 돈이 필요하지 않은 것처럼
살라, 오늘이 마지막 날인 것처럼

– 알프레드 디 수지

잘 가라, 까르푸야

예전에 대형 유통마트 중에 '까르푸' 라는 곳이 있었다. 이제는 그 이름을 찾아볼 수도 없게 되었지만. 벌써 이, 삼 년도 더 된 것 같다. 당시 이랜드에 매각된다는 얘기와 고용 은 자동승계될 거라며 한동안 나라 전체가 떠들썩했었다.

우리나라에 약 32개 정도의 매장이 있었으며, 전 세계적 으로 인정받고 있는 2위의 유통 업체였는데, 자신들 스스로 한국인들의 세밀한 심리를 소홀히 대했다면서 물러가는 이 유를 밝혔었다.

그때 뉴스에서 중점적으로 보도한 내용은 그런 대형유통 업체가 정착을 하고, 브랜드를 유지하면서 성공해나가는 것 이 쉽지 않은 일이며, 다른 것들과 마찬가지로 경쟁에서 살 아남기 위해서는 생존필수의 전략과 함께 우위의 전략이 필 요하다고 했었던 기억이 난다.

까르푸. 내가 까르푸를 처음 만난 것은 1999년도쯤이었던 것 같다. 그러고 보니 지금으로부터 약 10년 전쯤인 것 같다. 우리나라 글씨도 아닌, 영어도 아닌 커다란 간판이 붙어있는 '까르푸' 라는 창고형 대형 매장이 내가 살고 있는 동네에, 가깝지는 않지만 버스를 타고 한 시간 정도 가면 되는 곳에 생겼다.

사실 '창고형 대형 매장' 이라는 개념조차 생소한 시절이었다. 다만, 그곳에 가면, 과자봉지에 붙어 있는 가격보다 조금 더 싸게 살 수 있었고, 비슷하면서 조금씩 다르게 포장된 수많은 종류의 제품으로 가득 차 있었으며, 물건을 산다는 것보다 구경한다는 것 자체가 놀이공원이나, 꼭 신기한 어딘가에 놀러 온 것 같은 기분을 들게 했다.

동네에서 만 원은 줘야 살 수 있었던 통닭도 몇 천 원이면 살 수 있다는 사실은 행복하기까지 했다. 그래서 까르푸를 다녀온 날이면, 누구나 할 것 없이 멋진 곳을 다녀왔다며 친구들끼리 자랑하기에 바빴다.

토요일 오후. 군대를 제대하고 얼마 되지 않았던 남동생과 나는 놀러 가기라도 하는 것처럼 준비를 마치고 엄마가 회사에서 돌아오기를 손꼽아 기다렸다. 회사에서 돌아온 엄마는 메모지에 미리 살 것을 적었는데, 생활용품이 대부분이었던 것 같다. 세제나 퐁퐁 같은 제법 무거웠던 것들이었지 싶다.

그런 것들을 꼼꼼히 챙겨 적는 엄마의 뒤에서 남동생과 나는 '오늘은 가면 무엇을 먹어볼까?' 라는 행복한 고민을 했다. 집 뒤에 있던 버스 정류장에서 30분을 넘게 까르푸 가는 버스를 기다리는 동안에도 저녁 메뉴는 몇 번이나 바뀌었다.

당시만 해도 버스가 한 시간에 한 대 다닐 정도로 외진 곳에 까르푸가 있었는데, 정말 까르푸를 빼고는 말 그대로 허허벌판이었었다. 한 시간이나 걸리는 길이다 보니, 가끔 앞좌석에 '쿵' 하고 박기도 하고, 약간의 멀미도 좀 하면서 가다가 멀리서 까르푸라는 간판이 보이기라도 하면, '한 시간의 버스길도 괜찮았다' 라면서 서로 기뻐했다. 그러곤 마치 산 정상을 오른 사람처럼 자랑스럽게 내려 매장으로 들어갔다.

매장 문을 열고 들어가는 순간부터 '감탄의 여왕'이 될 수밖에 없었다. '정말 싸다!', '정말 많다' 내지는 '이런 것도 있네' 등 감탄사 연발이다.

지금은 흔하게 사 먹을 수 있고, 배달을 시켜서 먹을 수 있는 것들이지만 그 당시에는 너무 비싸 사 먹지 못했던 피자나 치킨이 즐비하게 늘어서서 우리를 기다리고 있었다. 마치 '저를 데려가주세요' 하는 것처럼. 침이 꼴깍 넘어가는 소리가 들릴까봐 조심스럽게 돌다가 산처럼 높이 쌓아놓은 물건을 보면서 '조심하지 않으면 깔리겠구나!' 싶었다.

그리고 특이하게 계산한 물건을 먹을 수 있는 식당이 준비되어 있었다. 매장에서 산 음식을 바로 먹을 수 있다니. 게다가 위치가 2층이고 보니, 비록 허허벌판이기는 하나 대충 스카이라운지 비슷한 분위기였다. 붉거나 혹은 노란 빛의 조명은 펼쳐놓은 음식을 더없이 먹음직스럽게 했다. 그 땐 정말 외식이라는 것이 따로 필요 없었다. 지금은 미식가들도 많고 음식의 맛을 논하기도 하지만, 당시 우리들은 자주 먹어보지 못한 음식을 양껏 맛있게 먹을 수 있다는 사실에 마냥 즐거웠다.

그렇게 이런저런 얘기를 하면서 테이블 위에 펼쳐놓았던 음식을 깔끔하게 먹고 나서 세제나 무거운 것은 동생이, 작고 가벼운 것은 나와 엄마가 나눠 들었다. 그러고는 매장을 나와 아까 내린 정류장 맞은편에서 대충 30분 정도를 기다렸다.

한참을 기다리고 기다려 정말 '왜 이렇게 안 오지?' 할 때쯤 되면 버스가 도착했다. 그 후에는 올 때와 마찬가지로 귀가버스여행이 시작되었다. 마찬가지로 '쿵' 하고 몇 번 부딪치고, 배가 부른 덕분에 몇 번 졸고 나면 집에 도착했었다. 오늘 이렇게 다시 떠올려보니, 새삼 그 시절이 오래된 흑백영화의 필름처럼 흐릿하고 아련하게 감기듯이 스쳐간다.

사실 까르푸가 철수한다는 얘기에 '그렇구나!' 라면서 잠자리에 들었었다. 하지만, 기억은 그렇지 못한 것 같다. 그곳에 가기 전부터 설렜으며, 멀리 버스 안에서 보았던 간판에 발걸음이 가벼워졌으며, 시골길을 달려 도착한 매장에서의 놀이공원과 비교도 할 수 없을 만큼 흥분되고 즐거웠던 그 느낌을, 머리는 잊어버린 것 같은데 가슴은 아직도 기억하고 있었던 것 같다.

　이젠 까르푸 같은 대형 할인 매장이 더 이상 신기한 곳도 아니고, 더 이상 새롭지도 않다. 그리고 예전처럼 한 시간씩 버스를 타고 갈 필요도 없이 동네슈퍼보다 조금 더 걸으면 되는 곳에서 수많은 종류의 물건들이 서로 가격을 낮추어 나의 선택을 기다리고 있다. 그러니, 까르푸의 철수 소식이 내게 끼칠 영향은 아무것도 없는 셈이다.

　하지만 오늘처럼 우연히 까르푸라는 말을 듣기라도 하면, 나의 가슴은 그날들을 기억해낼 것 같다. 되돌릴 수도 없고 그럴 이유도 없는 시절이지만, 기억에서 철수시켜서는 안 된다면서.

냉커피

좀 전에 아이의 이유식을 만들면서 보리차를 끓였었는데, 식은 보리차를 1.5ℓ 병에 붓는 순간, 어느 기억의 한 장면 속에 멈춰 서고 말았다. 벌써 10년도 더 된 얘기다. 십년, 그 이상인 것 같기도 하고 안 된 것 같기도 하다.

아버지는 현대자동차에서 자재부에서 근무를 하시다가 1994년인가 사업을 하겠다며 회사를 그만두셨다. 사업밑천은 가지고 있는 집과 퇴직금이 전부였다. 좀 더 빨리 시작을 하고 싶어 하셨지만, 사실 그럴 형편이 되지 못했다.

그렇지만 사업에 대한 꿈을 버리지 못하셨는지 결국 퇴사를 하셨고, 퇴직 후 얼마 동안 아시는 분의 회사에서 일을 하셨던 것으로 기억된다. 그러다가 결국 1995년에 아버지는 간판을 내걸고 작은 봉제공장을 시작하셨다.

당시 여유자금이 턱없이 부족하다 보니, 보조 일을 하는 사람을 넉넉하게 둘 형편이 아니었다. 그래서 지금껏 집에서 아이들만 키우고 있었던 엄마도 아버지와 함께 공장에 출근을 하게 되었다. 공장용 재봉틀이라고는 한 번도 사용해 본 적이 없는 엄마. 밤이나 마늘을 까던 손으로 거친 원단을 박는 봉제 일을 시작하게 되었다.

일이 봉제이고 보니, 대부분 아줌마들이었다. 그 안에는 외가 쪽으로 숙모 되는 분도 함께 계셨고, 아버지가 예전부터 알고 지내시던 분들, 또 그 소개로 들어온 분들, 그렇게 대충 열 명 남짓의 아줌마들이 모여서 일을 했다.

당시에는 어떻게든 돈을 아껴야 했기에, 엄마는 사지 않고 직접 해결할 수 있는 것은 대부분 집에서 해결해 갔다. 그 중의 하나가 바로 커피였다. 아줌마들이다 보니, 자연스레 쉬는 시간이 되면 커피를 즐겨 찾았다. 겨울이면 따뜻한 커피가 필요한 것처럼, 여름이 되면 냉커피가 필요했다.

냉커피를 만들려고 얼음을 만들어놓았지만, 항상 얼음은 더운 날씨를 배겨내지 못했다. 쉬는 시간, 점심시간, 또 쉬는 시간이면 얼음을 찾아서 커피에도 넣어 먹고, 물에도 타 먹으려 하다 보니, 언제나 얼음은 부족하게 되었다. 그러자 엄마는 결국 커피를 집에서 끓여가기로 하였다.

여느 집이나 마찬가지이지만, 아침은 주부가 제일 바쁜 시간이다. 어린 애들이 있으면 어린 애들이 있는 대로, 크면 큰 대로. 엄마는 일어나자마자 아침준비와 함께 큰 솥을 준비해서 물을 끓였다. 물이 팔팔 끓으면 거기다가 커피를 넣고, 프리마를 넣고, 설탕을 넣었다. 이리저리 저어가면서 맛이 너무 달지는 않은지, 쓴맛이 나는 건 아닌지 몇 번씩 맛보아가면서 커피를 끓였다.

엄마를 도와주러 부엌에 가면 엄마는 다른 일이 아닌, 커피 만드는 일을 나에게 시켰다. 이렇게 저렇게 젓고, 맛보면서 다 식으면 1.5ℓ 병에 넣으라는 주문을 했다. 아침밥을 먹지도 않았는데, 커피 맛을 본다고 그렇게 옆에 있다 보면 배는 벌써 제법 부른 느낌이 들곤 했다.

큰 솥 옆에는 1.5ℓ 병이 적게는 열 몇 개정도, 또는 그 이상의 병들이 깨끗하게 씻겨서 자신의 배를 채워달라면서 줄서서 기다리고 있었다. 가끔 한 번씩 여유를 부리다가 출근 시간이 다 되었는데 아직 다 식지 않았으면 그때부터는 정말 바빠졌다. 대야에 찬물을 받아 거기서 급하게 식힌 다음, 부랴부랴 1.5ℓ 병에 채워서 그것을 한 가방 안에 5, 6개씩 집어넣는다고 정신이 없었다. 그래서 가끔은 그 1.5ℓ 병이 쭈그러지기도 했었던 것 같다. 다행히 그때는 대학에 다니고 있었기에 그 아침, 그렇게 바빴던 엄마의 일상에 조금이라도 보탬이 될 수 있었지 싶다.

이렇게 아침부터 준비해 간 커피는 하루 종일 시원한 냉장고 속에 있으면서 공장을 찾아오는 손님들에게 대접하기도 하고, 아줌마들이 마시기도 하면서 무더웠던 그 여름, 잠시나마 더위를 잊게 하였다. 물론 그 냉커피가 어떻게 만들어졌는지에 대한 생각은 어느 누구도 하지 않았겠지만 말이다.

이젠 그 작았던 공장은 어느 정도 규모를 갖춘 회사로 성장하여 더는 커피를 타기 위해 엄마가 아침부터 큰 솥에 물을 데우는 일도 없어지게 되었고, 엄마가 재봉틀을 돌리는 일도 없어지게 되었다.

지금은 커피를 자판기에서 뽑아 마시거나, 할인점에서 돈만 주면 값싸게 사와서 냉장고에 넣어두고 먹을 수도 있다. 사무실에 손님이 오면 직원이 커피를 타서 대접해 드릴 수 있게 되었다. 어느 누구도 그 옛날의 냉커피를 기억하는 사람은 아무도 없다.

그렇지만 나는 지금도 냉커피를 보면, 엄마와 그날의 아침이 떠오른다. 그렇게 끓여간 냉커피를 두고 맛이 있다, 없다 혹은 설탕이 많다, 프림이 적다 하며 지나가는 식으로 흘리는 이야기에 맘 고생했던 엄마. 아침마다 물을 얼마만큼 해야 하는지, 커피를 타 놓고 맛이 좋은지 안 좋은지 몇 번이고 내게 물어댔던 엄마. 당연히 해야 하는 일이라 여겨 누구 하나 수고한다면서 등 두드려 주지 않았을 엄마. 한 번도 해 본 적이 없었던 봉제 일에 밤마다 손가락이 아파 잠도 제대로 못 자고 힘을 쓰지 못했던 엄마. 아침이면 정신없이 하루를 시작했던 그런 엄마가 떠오른다.

그래서인지 나는 냉커피를 별로 좋아하지 않는다. 붉은 빛깔로 얼굴에 타고 내리던 그 여름의 땀이 생각나 별로 마음이 가지 않는다. 그래서일까. 가끔 해보는 생각인데, 살다 보면 맛이나 냄새, 혹은 모양과 상관없이 마음이 허락되지 않는 것이 좀 있는 것 같다.

갈치와 고등어

사람들과 어울려 찾은 일식집이나, 초밥 집에서도 언제나 손을 놓지 않는 것이 있다. 바로 꽁치구이다. 허리띠 넘어 고개 내밀고 있는 배를 봐서라도 손을 놓아야 할 텐데, 사명감을 가지고는 끝까지 챙겨 먹게 된다.

그런데 비단 꽁치구이만 그런 것 같지는 않다. 유난히 생선을 좋아하셨던 아버지 덕분에 어렸을 때부터 생선 먹을 기회가 많이 있었다. 그리고 그런 아버지와 함께 이름 있는 제약회사들의 영양제보다는 음식이 보약이라며 몸에 좋은 생선은 많이 먹어야 좋다며 아침밥상에 언제나 한자리 뚝 떼 주신 엄마 덕분이기도 한 것 같다.

어릴 때 아침밥상에서 가장 자주 만날 수 있던 것들이 갈치와 고등어였다. 고등어는 고등어 나름대로, 갈치는 갈치 나름대로 특유의 맛과 재미가 있다. 갈치는 먹기 좋게 썰어서 구워진 것을, 양 가 쪽에 있는 뼈를 발라내고서는 가운데

뼈만 남겨두고서 양쪽으로 조금씩 베어 먹는 느낌이 입 속에 있는 밥알과 적당히 어울려 짭짤한 맛을 내는 것으로 유명세를 타고 아침식단에 오르는 것을 무리 없는 동의를 하게 한다. 가끔은 여인네의 느낌이라는 생각을 하면서 말이다. 하얀 속살 벗어놓은 모습에 자잘하게 으깨어지는 느낌이 한 많은 어느 여인의 모습을 떠올리게 하기도 했었던 것 같다. 그러다가 꿀떡 삼키면서 생기는 은근한 단맛에서는 '틀린 게 아니야' 라는 확신까지 들게 하곤 한다.

반면, 고등어는 가운데를 가르면서 젓가락으로 조금만 들썩거리면 마치 깜짝 놀라 뱉어놓는 것처럼 약간의 덩어리 같은 느낌을 들게 한다. 중간에 큰 뼈를 만나기도 하지만, 골라내는데 별 어려움이 없다. 마치 기다리기라도 했다는 듯이, 한 뭉치 가득 내어주고서도 아무렇지도 않게, 별일 없는 것처럼 나 몰라라 하는 모습은 속 모르고, 눈치 없는 남정네를 떠올리게 한다.

그러다 한입 베어 입 안으로 넣으면서 조금의 묵직한 느낌과 특유의 텁텁한 단맛에 이끌려, 어느새 또다시 손이 가고 있는 것을 발견하고는 '역시 나도 여자인가 보네!' 라는 말도 안 되는 결론을 내리기도 했었다. 어찌되었든 아침밥상에 올라왔던 고등어를 아껴 내버려 두는 일이 없었다.

그런데, 결혼을 하고 살림을 하면서 생각보다 생선을 굽는다는 것이 쉽지 않다는 것을 알게 되었다. 아무리 조심해서 생선구이를 한다고 해도, 요리를 하고 나면 바닥은 미끈미끈, 가스레인지 위로는 열정을 다 바친 기름방울들이 제풀에 지쳐 여기저기 떨어져 나와 있고, 온 방 안 가득한 냄새는 두 끼의 식사를 더 먹을 동안에도 가시지를 않았다. 방향제로도 별 효험이 없었다.

그러다가 가끔 남편이 일찍 퇴근이라도 하는 날이면 거창한 특식 메뉴가 되어 밥상에 올랐다. 결혼 전, 혼자 자취생활을 하였고, 고등학교까지 부모님과 함께 있었어도 생선을 별로 즐기지 않았다는 남편은 갈치나 고등어를 구워놓으면 노고에 대한 보답차원에서 몇 젓가락 잠시 들렀다가 가는 수준이었다. 갈치나 고등어뿐이 아니라, 생선 자체에 대해 흥미를 느끼지 못하는 것 같았다. 비릿한 느낌이 나는 것이 싫다면서.

언젠가 왜 이렇게 맛있는 것을 먹지 않느냐고 물으면, 먹기가 힘들다고 하였다. 가만히 보니 뼈를 발라내는 것을 무슨 대단한 작업으로 여기는 것 같았다. 그리고 보니, 익숙하게 뼈를 발라 먹는 나와는 달리 확실히 남편은 속도를 내지 못하고 있었다. 그래서 그 후 가끔 갈치와 고등어를 밥상에서 만나게 되는 날이면, 일정 부분까지 뼈를 발라서 남편의 밥그릇 위에 몇 번 올려주었다.

그러자 조금의 시간이 흐르는 동안 그것들을 익숙하게 여기는 것 같더니, 요즘은 곧잘 뼈를 골라내어 생선을 즐기고 있다. 여전히 조금 비릿한 냄새를 어려워하는 부분이 있어 밀가루를 묻혀 고등어를 내어주거나 여름빛에 강렬하게 태운 것 같은 하얀 속살을 간직한 갈치를 내놓으면 언제 그랬냐는 듯이 두 그릇을 해치우기도 하면서 말이다. 이제 드디어 갈치와 고등어의 진정한 맛을 느끼기 시작한 것 같다.

곱지 않은 시선

아침부터 조금 부산을 떨었다. 이틀 동안 신랑이 남편이 쉰다고 해서 하루는 시골에 다녀오고, 또 하루는 근처의 합천 해인사를 다녀왔다. 집에만 있자니 답답한 느낌이 들어 피곤해도 조금 무리를 해서 다녀왔다. 제대로 치우지도 않고, 간단하게 먹을 것만 챙겨서 다녀왔다. 갔다 오니, '몸도 피곤하고 잠도 오는데, 내일 해야지' 라는 편한 마음으로 일찍 잠을 청했더니 훨씬 가벼워진 느낌이었다.

그런데 문제는 이틀 동안 하지 않았던 것들이 잔뜩 긴장한 얼굴로 나를 기다리고 있었다. 제법 많은 양의 빨래도 한 자랑을 하고 있고, 아이가 기어 다니는 바닥은 사뿐히 내려앉은 먼지들이 햇살과 함께 어우러져 넓게 퍼져 누워 있었다. 그뿐일까. 음식물쓰레기는 버리지를 않아서 냄새 가득하고 며칠 전부터 냉장고 옆에 모아두었던 재활용품들은 제 자리를 찾고 싶다며 아우성을 치고 있었다.

일단 빨래를 분리해서 세탁기에 넣고 나서, 아침을 먹었다. 아이에게 이유식을 먹이는 아침은 그야말로 전쟁이 따로 없다. 며칠 전에 새로 산 마라카스 덕분에 밥 먹는 동안, 우렁찬 딸랑딸랑 소리가 귀를 떠나지를 않고 있고, 언제 가져다 놓았는지 모를 장난감을 피해 따라다니면서 먹이고 나니 누구 말대로 입으로 들어가는지, 코로 들어가는지 분간이 되지 않았다.

그렇게 밥을 먹고 설거지를 마치고 나니, 재활용품이 눈에 띄었다. 신문지와 다른 재활용품을 분리해서 아파트 문앞에 내놓고 아이를 재우면 되겠다는 생각에 정리를 시작했다. 종이는 종이대로, 플라스틱은 플라스틱대로, 비닐은 비닐대로. 아이가 잠이 와 보채고 있지만 얼마 남지 않았기에, '금세 끝나고 재워줄게' 라며 하던 일을 계속 했다.

그렇게 정리를 해서 아파트 문을 열어 앞에 내놓으려는 순간, 정말 황당한 느낌이었다. 아니, 화가 났다는 느낌. 기분이 나빴다는 느낌이 솔직할 것 같다. 며칠 전 택배 온 것이 있어 박스를 문 옆에 두었다가 신문지 몇 장이랑 우유팩 서너 개 정도를 담아뒀었다. 그런데 그 안에 본 적도 없는 박스와 포장지, 비닐 그리고 각종 재활용품이 들어 있었다. 재활용이 되지 않는 것들까지 함께. 정말이지, 황당하고 어이가 없는 느낌이었다.

오전에 이것저것 정리를 하면서 가끔 문 앞에서 부스럭부스럭 소리가 났었지만 별로 신경을 쓰지 않았었다. 대신 속으로 나처럼 '짐 정리를 해서 내어 놓는가 보다'라는 생각을 했었다. 한참 소리가 나기에 속으로 '우리 집하고 비슷한 모양이네!'라면서 살짝 동지애를 느끼고 있었다. 그렇게 생각을 했었기에 문을 열어보거나 하지 않았다.

하지만 문을 열어 밖을 보니, 대수롭게 넘어갈 일이 아니었다. 얼마나 기분이 나쁘고 화가 났는지 모르겠다. 한 아파트에 살면서 어떻게 이렇게 하시냐고, 당장 앞집 문을 열어서 어떻게 이렇게 몰상식하냐고 따져 묻고 싶은 마음이 굴뚝같았다. 달랑 두 집이 살고 있는데, 이렇게 하면 앞으로 어떻게 얼굴 보고 살 수 있겠냐고.

정말 목구멍까지 올라오는 말을 억지로 참고 참았다. 바보같이 느껴졌지만, 누구에게 따지지 못하는 성격 때문에 분명 이유가 있을 거라는 생각으로 애써 마음을 가다듬었다. 하지만 양이 많고 적음의 문제를 떠나 신문을 집 안으로 넣지 않아 사람이 없다고 여겨 한 행동인 것 같아 솔직히 더 마음이 상했다.

그러나 나 역시도 내가 원하는 결과는 아니었지만 다른 사람에게 피해를 주었을지도 모른다는 조금의 양심이, 앞집사람이 아니라 다른 사람이 그렇게 했었을 수도 있다는

'사람에 대한 믿음' 이 잠시 나를 주저하게 했다.

솔직히 재활용품 몇 개 더 보태서 버리러 가는 일이 뭐 그리 어려울까. 그러나 누가했는지 너무 쉽게 드러나는 일을 아무렇지도 않게 해놓고, 예전처럼 지내자고 하는 행동이 이해가 되지 않았다.

'나도 저렇게 행동을 한 적이 있었을까?' 라는 정말 진지한 질문을 하면서 주섬주섬 재활용품을 들었다. 짐이 많아 남편이 퇴근하면 부탁을 하려고 했었는데, 일복이 많은 것은 어쩔 수 없나 보다.

덤으로 얻은 선물과 함께 3번을 오르락내리락 하고서야 끝이 났다. 서둘러 올라와 시원한 물을 한 잔 들이켰는데도 일이 끝났다는 개운함보다 씁쓸하고 텁텁한 맛이 더 오래 입 안을 맴돌고 있었다. 안타깝고, 아쉬워지는 마음이다. 그리고 섭섭해지는 마음이다. 밑에서 종이박스를 담으면서 빡빡 밟고 했는데도 쉽게 진정이 되지 않는다.

사실 내가 걱정하는 것은 따로 있다. 사람이 모질지도 못하면서, 따져 묻지는 못해도 기억에 오래 남아있는 성격이라 쉽게 잊히지 않을 것 같다. 내가 걱정하는 것은 바로 이것이다. 이미 내 안에 들어와 버린 이 마음. 마주보면서 살 앞집 사람들. 그 얼굴을 어떻게 쳐다 볼 것인데. 예전처럼 아무렇지도 않게 얘기 할 수 있을까. 무슨 일 없었냐고 비꼬

듯이 묻다가 애들처럼 싸움이 나지는 않을까. 속 좁게 그런 걸로 그러냐고 하면 나는 뭐라도 답을 할 수 있을까. 안 해도 되는 걱정거리가 하나 늘어난 것이다. 그것도 오로지 나에게만.

작지만 소중한 마음이 하나가 내 곁을 떠나는 이 느낌이 정말 싫었다. 그러면서 앞집에 가서 어떻게 된 일인지 물어 차라리 이런 감정을 만들지 않는 것이 더 좋지 않을까라는 생각도 들었다. 조금 고민을 해 봐야 될 것 같다. 어떤 것이 최선인지를.

그렇게 며칠이 지났을까. 앞집에 새로 이삿짐이 들어오는 것이었다. 알고 보니 예전부터 집을 내어놓았는데, 얼마 전에야 계약이 이루어져 이사 왔다는 것이었다. 대충 생각해보면 그날 우리집 앞에 놓인 물건은 아마 이삿짐을 챙기러 온 사람들이나 혹은 미리 집을 청소하러 온 사람들이 버렸을 확률이 높아졌다. 그때는 이미 사람이 없었을 때라고 하니.

그 순간, 얼마나 다행스러웠는지 모르겠다. 내가 아는 그 사람들은 내가 아는 그대로였다는 사실에, 틀린 것이 오히려 나였다는 사실에 감사하고 고마운 일이었다. 그리고 참 듣기 좋았다. 집 나간 마음 하나 또각또각 제자리 찾아 되돌아오는 소리가 너무 듣기 좋았다.

어린 천사들

어제는 아침부터 바쁜 하루였다. 아이가 일어나기 전에 얼른 빨래며 설거지를 끝내고 은행과 우체국을 다녀와야 했었기에 마음이 더 바쁜 아침이었다. 오전 11시 30분까지 출산한 친구에게 방문한다고 약속이 되어 있어서 시간에 맞춰서 모든 것을 끝내려고 하니, 정신이 하나도 없었다.

게다가 어제 저녁 남편과 이런저런 이야기를 나누다가 늦게 잠이 들었고, 출근준비를 도와주고 간단하게 몇 숟가락 먹은 다음 바쁘게 움직이다 보니 몸이 제법 힘들었다. 아이를 깨워 이유식을 먹이고 나니 벌써 10시를 훌쩍 넘기고 있었다.

'11시 30분까지면 얼마 남지 않았네!' 라는 생각에 서둘러 은행을 갔다. 월요일 아침이어서인지 기다리는 사람이 제법 있었다. 대충 10명 정도 기다려 얼른 일을 마무리 했다. 마음속으로 '우체국엔 사람이 별로 없으니까 금방 끝나겠지!'

라는 생각에 바쁘게 우체국으로 자리를 옮겼다. 역시. 우체국에는 사람이 별로 없었다. 대기자가 단 2명. 금방 끝나겠지 싶었다.

그런데 슬슬 불안해지기 시작했다. 앞에 있는 아저씨의 시간이 예상보다 길어지고 있었다. 직원과 한참을 실랑이를 하더니 이번에는 물건에 비해 금액이 너무 비싸다고 항의를 하는 것이었다. 그러면서 포장박스를 빼고 다시 넣어 한 번 더 무게를 달아보자고 하신다.

달랑 등기우편 하나 들고 마냥 이렇게 기다리고 있으니 마음도 급해지고 짜증이 나기 시작했다. 금방 끝날 것 같지 않은 불안한 마음이 생겨서, 속으로 '아저씨, 좀 빨리 하시죠' 라면서 붉게 상기된 얼굴로 한마디 툭 던지고 싶은 것을 억지로 참고 있었다.

그렇게 한참 실랑이를 하고 마지막에 언제까지 배송되는지를 재차 확인하시고는 우체국을 나섰다. 그래도 감사했다. 예상보다는 일찍 끝나서. 그러자 뒤에 기다리던 아주머니가 큰 소포를 올렸다. 아주 큰 소포였다. 이 아주머니 역시 돈이 너무 많이 나온다며 가방 하나밖에 안 넣었는데 왜 이렇게 비싸고 또 항의를 하신다. 영락없는 대한민국 아줌마였다.

결국 아주머니 역시 박스를 뜯더니 가방만 무게를 재셨

다. 그랬더니 박스를 포함했을 때보다 2,500원이 적게 나왔다. 직원이 '우체국 물건이 30kg을 넘는 경우에는 물건을 놓을 때 잘못하면 부서질 수 있기 때문에, 박스에 넣어서 보내는 게 나을 겁니다' 하자, 한참을 고민하시더니 다시 박스에 가방을 넣으셨다.

그런데 여기가 끝이 아니었다. 결정적으로 보내는 곳과 받는 곳을 바꿔 적으신 것이었다.

'에휴!'

답답한 마음 어떻게 할 수가 없었다. 시계는 벌써 11시 30분을 훌쩍 넘겨 12시가 다 되어가고 있었다. 다른 종이에 보내는 곳과 받는 곳을 다시 적은 다음 아주머니는 우체국을 나가셨고, 드디어 나의 차례가 돌아왔다.

"보통 등기 하나요!"

"네. 2,530원입니다."

끝이었다. 너무 허망하고, 솔직한 마음에 앞서나간 아주머니와 아저씨가 원망스러웠다. 우체국 문을 열고 나오는데, 따뜻한 햇볕도 시원한 바람도 위로가 되질 못했다. 오늘 하루 짜증 가득한 하루가 될 것 같은 느낌에 우울해지는 마음이었다.

바로 그때였다.

우체국 앞에는 어린이집에서 나온 선생님과 아이들이 대

략 열서너 명쯤 있었다. 네댓 살쯤 되어 보였는데, 견학을 나온 것 같아 보였다. 마침 선생님이 '여기는 어디예요?' 라며 여기저기 구경한다고 정신없는 아이들에게 묻고 있었다. 모두 고개를 돌려 우체국을 바라보고 있는데 한 아이가 대답했다.

"우체집이요."

그리고 또 다른 한 아이가 '저기 호두과자 맛있어요!' 라고 씩씩하게 대답하고 있었다. 순간, 선생님도 나도 웃음이 터져 나왔다. 우체집이라. 하긴 우리집, 까치집, 제비집이라는 말을 쓰고 있으니, 우체집이란 말도 영 틀린 것 같지 않았다.

그런데 진지하게 우체집을 이야기하고 있는데, 또 다른 아이가 진지한 얼굴로 '호두과자가 맛있어요' 라고 하니, 웃음이 터져 나올밖에. 좀 전의 짜증난 이유는 생각도 나지 않으면서 참 귀엽다는 생각에 마음이 밝아지는 느낌이었다. 이따 친구를 만나면 아이들이 이렇게 얘기하더라면서 전해줄 생각까지 하니 환해지는 마음이 싫지 않았다. '사정을 이야기하고 좀 늦게 되었다고 말을 하면 이해해주겠지' 라는 여유로운 생각까지 해가면서 말이다.

순식간이었다. 정말. 조금 전의 상황에서 달라진 것은 없었다. 여전히 시간에 늦었으며, 본의 아니게 알뜰한 아줌마,

아저씨를 만나 우체국에서 시간을 허비한 사실도 바뀌지 않았다. 변한 것도 어디에도 없다. 다만 내 마음이 조금 달라져 있었다. 저 어린 천사들을 만나면서.

단지 한 번 웃었을 뿐인데. 크게 한 번 웃었을 뿐인데. 아이들의 천진난만함에 밝아지는 마음이 생겨난 것이었다. 단지 한 번 웃었을 뿐이지만 마음이 훨씬 가벼워졌고, 한결 여유로워졌다. 비록 나 스스로의 노력으로 이루어 진 것은 아니지만, 어찌되었든 한 번의 웃음으로 바뀌어 있었다. '한 번 웃는 일이 생각보다 큰 힘을 지니고 있네' 라는 생각이 들면서 말이다. 곧잘 급해지면 이렇게 여유를 잃어버리고, 조급해지곤 하는데, 그럴 때 마음을 다잡는 데에 그리 큰 힘이 들이지 않고도 가능하겠구나 싶었다.

"그래, 급할수록 돌아가라는 말이 있잖아. 내가 마음이 급했어."

일부러 내가 늦은 것도 아니었고, 사정을 얘기하면 친구는 이해를 해줄 텐데, 왜 이런 걱정을 했나 싶기도 했다. 그리고 또 한편으로는 나의 엄마와 아버지 역시 우체국에서 오늘처럼 알뜰함을 보이고 계실지도 모른다고 생각을 하니, 새삼 너그럽지 못한 내 마음이 부끄러워졌다.

그러면서 더욱 그 아이들이 고마워졌다. 내게 이런 선한 마음을 생겨나게 해준 것이. 의미 없는 이유로 인해 필요 없이 내 마음을 다치지 않게 해준 것이 너무 고마웠다.

아까부터 불어오던 바람이 새삼 시원하고 따스하게 나를 다독여주는 느낌이다. 무엇보다 세상에 갓 태어난 아이를 만나러 가는 길인데, 마음이 밝아져서 참 다행이다 싶었다. 아이에게 너는 세상을 환하게 하는 힘이 있다는 것을 가르쳐 주어야지. 아이를 만나면 꼭 전해줘야겠다.

"세상을 환하고 따뜻하게 만들 아이야. 너를 환영한다."

그 사람을 가졌는가
– 함석헌

만리길 나서는 길
처자를 내맡기며
맘 놓고 갈 만한 사람
그 사람을 그대는 가졌는가

온 세상 다 나를 버려
마음이 외로울 때에도
'저 맘이야' 하고 믿어지는
그 사람을 그대는 가졌는가

탔던 배 꺼지는 순간
구명대 서로 사양하며
'너만은 살아다오' 할
그 사람을 그대는 가졌는가

불의의 사형장에서
'다 죽여도 너희 세상 빛을 위해
저만은 살려 두거라' 일러줄
그 사람을 그대는 가졌는가

잊지 못할 이 세상을 떠나려 할 때
'저 하나 있으니' 하며
빙긋이 웃고 눈을 감을
그 사람을 그대는 가졌는가

온 세상의 찬성보다도
'아니' 하고 가만히 머리 흔들 그 한 얼굴 생각에
알뜰한 유혹을 물리치게 되는
그 사람을 그대는 가졌는가

내 맘대로 휴대전화

전화가 울린다. '내 사랑 내 곁에' 라는 이름과 함께 온 남편의 전화. 순간이지만, 오늘 아침 출근길의 남편의 얼굴이 내 가슴을 지나쳐간다. 얼마 전까지만 해도 '참 좋은 당신' 이었다. 김용택 시인의 「참 좋은 당신」에 마음을 뺏겨 살다가 얼마 전부터 '내 사랑 내 곁에' 에 정신을 놓아버려서 다시 저장했었다. 휴대전화에 저장되는 이름을 가지고 고민을 하다니.

노동판의 근로자가 익숙한 솜씨로 한 삽을 퍼 올릴 때에도, 상사에게 억울하게 밀려 구석에서 담배를 피울 때에도, 아마 나는 입시를 준비하는 사람처럼 진지한 표정으로 휴대전화의 이름을 바꾸고 있었지 싶다. 참 제대로 할 일 없는 사람 같다.

남편의 이름을 바꾸는 일만 한다면 뭐 그리 바쁠까. 저장된 전화번호 전체를 건드리는 작업으로 진행하니 그게 문제지. 하지만 불운하게도 그 작업에서 제외되는 사람도 제법 많다. 나의 기운으로도 감히 어찌해 볼 수 없는 사람이라든가, 장난기가 발동되지 않는 경우라든가, 것도 아니면 사적인 인연이 아닌 공적인 인연에 대해선 최대한의 예의로 한 발 물러난다. 그리고 난 나머지 사람들은 내 마음 가는 대로 작명에 들어간다. 오늘 이렇게 드러내놓고 나면, 조금의 구박을 받지 않을까 살짝 걱정도 된다. 그렇다고 바꿀 마음은 없다. 휴대전화 새로 사준다면 곱게 이름 지어줄 생각은 있지만.

먼 곳에서 시집와 우여곡절 혼자서 다 겪는 것 같은 '젊은 인설 씨', 고교시절 처음으로 내게 병문안을 경험하게 했던, 아직도 가끔 몸살을 앓는 '당당한 재현이', 나만 아니었다면 인생의 진로가 바뀌었을 거라고 호언장담을 하는 '맘 고운 은주', 세상 고민 하나도 없어 보이지만 작은 어깨로 만만치 않은 무게를 챙겨내는 '밝은 성아', 세상의 절반이 남자인데 지금껏 남자에게 마음 뺏기지 않은 '싱글 현주', 툭하면 연락이 두절이 되었다가 생각나면 살아있다고 한 번씩 연락 오는 '잠수함 정자', 둘이 잡고 가던 길 뿌리치고 묵묵히 혼자 걸어가는 '씩씩한 홍준이', 제일 먼저, 가장 멀리 시집가서 가족 챙기기에 바쁜 '알뜰한 정희', 겉으로는 세상 두려울 것 없어 보이는 '착한 지현이', 나랑 태어난 날

짜에 시간까지 같은 '똑같은 수경이', 두 아들 키운다고 꽤 정신없을 '한창 바쁠 기미', 쌍둥이 낳고도 하나 더 낳아 정말 애 잘 키우는 '대단한 세이'. 대충 이런 식이다. 물론 또 언제 바뀔지는 모르겠다. 부모님 역시 비슷한 방식으로 내가 느끼는 감정에 최대한 솔직한 표현으로 든든하게 차지하고 계심이다.

그런데 이렇게 이름을 조금 바꾼 후부터는 조금 새로운 버릇이 생겨났다. 예전에는 누구누구라고 휴대전화에 표시됐을 때 나의 머리가 그 이름을 기억해냈고, 그 사람을 기억해주었다.

하지만 지금은 가슴이 그의 이름보다 얼굴을 떠오르게 하고, 오래된 기억까지 덤으로 챙겨주고 있다는 사실이다. 그 짧은 순간에 말이다. 어떻게 살아내고 있는지 궁금함과 함께 말이다. 사실 전화를 받으면서 물어보면 모두 다 알게 될 것이고, 잊힌 기억도 다시 추억하면 되는 일이겠지만. 적어도 내가 즐거워지는 이유가 되고 있어 애써 억지를 부려본다.

그러나 즐거움만은 아닌 것 같다. 즐거움과 함께 하는 나의 바람인 것을. 지난 시절 내가 느껴온 마음보다 앞으로의 삶이 더욱 그러하길 기원하는 조그만 바람. 그 바람도 함께 뒤섞여 있음을 아껴 전해보고 싶다. 가끔 엉뚱하다는 소리를 듣는 편인데, 이번에 그 소리를 또 듣지 싶다. 하지만 유유상종(類類相從)이라고, 어쩌면 내 가까운 이는 벌써 그리하고 있는지도 모르겠다.

혹여 마음 동한다 싶거든 얼른 휴대전화를 열어보길. 그 안에 잠자는 그대의 벗들이 함께 숨 쉬고 싶다고 아우성치는 소리를 들을 수 있을지도 모르니. 그때 꼭 그대의 마음을 전하길. 나와 함께 오늘을 살아간다는 사실에 한없이 고마워한다고.

냄새를 맡을 수 있다는 것은

냄새를 맡을 수 있다는 것은 참 좋은 일인 것 같다. 귀로 들을 수 있다는 것만큼이나, 눈으로 볼 수 있다는 것만큼이나 행복한 일인 것 같다. 공간에 울리듯 퍼져있는 향기로움이 후세포를 자극 하고, 이어 재빠른 동작으로 후신경이 뇌에게 전달하는 과정에선 행복 가득한 표정을 만들어내기도 하는, 마법의 힘을 가진 것 같다.

그렇다고 향기로움만이 그러한 것은 아닌 것 같다. 가끔 향기롭지도 달콤하지도 않은 냄새는 뇌의 맨 밑바닥에서 눌러두었던 기억을 두레박으로 퍼 올려 잊고 싶었던 그날의 느낌을 다시 떠올리게 하기도 한다.

물론 언제나 잊고 싶었던 것들만 건져내는 것은 아니다. 잊고 싶지 않았던 것들이 덤으로 올라오는 날이 있는데, 그 날은 제법 운이 좋은 날이다. 어찌되었든 냄새를 맡을 수 있다는 것은 살아있다는, 깨어있다는 증거 중의 하나임에는 틀림이 없지 싶다.

어제 아이를 데리고 집안에만 있자니 갑갑해서 유모차에 비닐 커버를 씌우고 두꺼운 겨울옷을 입혀 나들이를 다녀왔다. 나들이라고 해봤자 시장에 나가는 것이 전부여서 새로울 것이 별로 없다. 채소가게에서 미역을 사고, 과일가게에서 귤을 사고, 오천 원이라며 세일하는 옷에 잠시 한 눈을 파는 것이 전부인 조금 심심한 나들이이다.

그런데 귤을 사고 돌아오는 길에 '오천사'라는 가게를 지나갈 때의 일이었다. 그곳은 예전엔 만 원은 줘야 살 수 있었지만, 이젠 오천 원만 주면 갓 튀겨 온기 가득한 닭을 사 먹을 수 있는 치킨 가게였다.

슬슬 장사 준비를 하려는 것인지 열린 문틈으로 자질구레한 살림이 한 가득 보였다. 바로 그때였다. 치킨 가게에서만 느낄 수 있는 그 특유의 냄새가 간질거리듯 다가와 후세포를 자극하고는 곧장 아련하고 짜릿한 감정으로 고요한 뇌를 흔들어 깨우더니 잊고 지냈던 10여 년 전의 그날로 나를 초대했다.

10여 년 전, 학교를 휴학하고 근처의 호프집에서 아르바이트를 한 적이 있었다. 가게이름도 생생하게 기억이 난다. 'IF'라는 이름의 호프집은 제법 넓은 홀을 가진 규모가 있으면서 무엇보다 절대적으로 싼 가격을 자랑하고 있었기에

배고픈 대학생들의 만남의 장소이자, 대화의 공간이 되어 주었다.

가끔 학교에서 모임이라도 있을 때면 전체를 빌려 사용했었는데, 입구에 붙여놓은 'OO 정기모임' 이라는 표지에 괜히 어깨에 힘이 들어가곤 했었다. 물론 그런 날은 아르바이트를 하는 나로서는 바쁘지 않을 수 없었다. 친구들에게 놀러 오라고 해서 같이 일을 시키는 작전도 몇 번 써먹었지만, 매번 그럴 수는 없는 일이었다.

그러던 어느 날, 손님이 별로 많지 않은 날이었던 것 같다. 대충 의자며, 테이블 정리를 하면서 장사준비를 하는데, 주방 아주머니에게서 못 나온다는 전화가 왔다. 걱정하는 나를 보며 사장님은 걱정할 것이 없다며 주방에 들어가시더니, '오늘은 주방 일도 같이 해야 하겠네' 하며 내게 손을 내밀었다.

매일 밖에서 주문을 받고, 음식을 나르는 일이 전부였던 내가 부엌으로 들어섰을 때, 그 특유의 냄새가 나를 자극했다. 볶음과 튀김, 그리고 조금 시큼한 기운까지 곁들여진 묘한 냄새는 이내 뇌를 자극하더니, 한쪽 구석에 떡 하니 자리를 잡아버렸다. 아마 예전엔 맡아본 적이 없었던 냄새였기에 더욱 새로웠던 것 같다.

하여간 그렇게 들어간 주방에서 음식 만드는 일에 영 소질이 없었던 나로서는 걱정이 아닐 수가 없었다. 옆에서 도와준다고는 하지만, 주문이 많을 때는 '하나쯤은 만들어줄 수 있어야 할 텐데'라는 생각에 불안한 마음이 가득했다.

그러나 다행히 그 불안감은 오래가지 않았다. 사장님께서 그날의 메뉴를 소시지를 넣은 채소볶음과 감자튀김, 골뱅이 무침 세 가지로 못 박아버린 것이었다. '돈가스 주세요' 하면 '감자튀김밖에 안 되는데요'라는 식으로 말이다. 주로 단골로 이루어진 공간이었기에 택할 수 있었던 용감한 선택이었다. 다행히 별 거부감 없이 넘어가는 손님들 덕에 수월하게 넘어갔었다. 그런 일이 자주 생기지는 않았지만 가끔 '세 가지 메뉴로도 가능하였지'라는 생각에 지금 떠올려 봐도 웃음이 난다.

문득 그날의 얼굴들이 생각난다. 또한, 그 시절을 함께 했던 친구들이 생각난다. 제각각 다른 자리에서 다른 모습으로 살아가고 있겠지. 어떻게 변했을까. 물론 지금까지 연락하는 친구들도 있지만, 그렇지 못한 경우도 제법 있다. 일상의 바쁨으로 사는 일을 물어볼 생각조차 해보지 못했던 것 같다. 그 중에는 아기 엄마나 아빠가 된 친구도 있을 것이고, 멋진 싱글의 삶을 화려하게 살아내고 있는 친구도 있을 것이다. 어쩌면 젊은 시절 우리의 예상보다 높은 세상 앞에서 흐르는 땀을 훔치고 있을 지도 모르겠다.

그러나 이런저런 모든 사연을 떠나 그 친구들이 궁금해진다. 철없던 시절 함께 했던 그 친구들이 궁금해진다. 서먹함은 잠시일 뿐, 곧 수다쟁이로 학생으로 변해 미주알고주알 떠들 수 있을 것 같다. 보고 싶어진다. 잘 지내고 있는지. 나는 잘 지내고 있다고. 이렇게 잘 살고 있다고. 어떻게들 지내냐며 겨울바람에게 한 자리를 얻어 소식을 전해주고 싶다.

나는 그렇게 믿고 싶다

무료로 주방청소서비스를 해준다는 소리에 내심 얼마나 좋았는지 모르겠다. 가스레인지를 포함해 선반, 레인지 후드까지 청소를 해준다고 하니, 대충 치운다는 수준으로 사는 나로서는 얼마나 고마운 일인지.

아니나 다를까, 깔끔한 초록색 도우미 두건을 쓴 젊음이 부러운 청년 두 명이 세제통과 공구함 비슷한 것을 들고 와서는 구석구석 윤이 날 정도로 청소를 해주었다. 특히 가스 불꽃이 올라오는 부분 청소가 어려워 제법 묵은 때가 많았는데, 오늘 말끔하게 씻긴 걸 보니 내 마음마저 홀가분해졌다. 아마 '괜찮겠지'라며 대충 넘긴 것이 원인이지 싶다. 아니, '다음에 해도 되겠지'라며 살짝 내일로 미룬 것이 제일 큰 이유이지 싶다.

이런 경우가 처음은 아닌 것 같다. 아니, 제법 많았던 것 같다. 말 그대로 '괜찮겠지'라며 미루었다가 뒤에 감당이 안돼서 쩔쩔맸던 경우 말이다. 발등에 불이 떨어져야 한다더니 딱 그 얘기다. 작은 변명을 대자면 절실할 때 더 잘 되더라며 억지를 부려보지만, 역시 좀 부족해 보인다.

하여간 일을 그렇게 처리한 날은 어떻게든 마무리를 잘 해내었다고 다독이면서도 한편으로는 '다음에는 미리 준비해서 더 잘하자!' 라며 내심 다짐을 했었다. 공든 탑은 무너지지 않는다는 무속신앙적인 주문을 되뇌면서 계획을 세우기 바빴다. 그런데 쉽지가 않았다. 매번 다른 이유를 찾는다고 더 바쁘기만 했으니.

연초가 되면 많은 사람이 금주 혹은 금연을 다짐한다. 나역시 올해는 몇 권의 책을 읽을까, 몇 편의 글을 쓸까 하며 스스로와 굳은 약속을 했었는데, 벌써 9월이 내 발목을 스치고 있는데 걱정이다. 조금의 시간이 더 지나고 나면 내 발아래 붉거나 노란 혹은 초록의 단풍들이 곱게 벗어버린 옷위로 하얀 발자국을 수놓을 텐데, 그때 나는 그들에게 무엇을 내어줄 수 있을까.

깊은 사색도 해내지 못했고, 읽어야 할 많은 책 또한 먼발치서 바라보기만 했는데. '내일 하면 되겠지' 라며 대충 넘고 싶긴 일도 가득한데. 고민되는 밤이다. 조금 전부터 열린 문틈으로 비집어 들어온 가을손님이 아직은 끝나지 않았다며 애써 두둔을 해주고 있기는 한데, 늦은 밤 갈 길 바쁜 나

그네처럼 마음은 더 급해진다.

나는 가끔 책에서 좋은 글귀를 발견하면 오리거나, 메모지에 적어 싱크대 혹은 식탁, 책상 어디든지 마음 가는 곳에 붙이는 버릇이 있는데, 작년 지인에게서 선물 받은 명언수첩에 꼭 마음에 드는 글이 있어 주방 선반에 두고 수시로 아끼고 있다.

뭐랄까. 용서와 희망이 공존한다고 해야 하나. 그 글은 마치 내게 완성을 해내지 못한 것에 대한 이해와 아직 끝나지 않았으니 해볼만하다는 격려의 메시지였다. 소개를 하자면, 아래와 같다.

아마추어와 프로 작가의 유일한 차이는 인내심에서

찾을 수 있다.

— 마쓰모토 세이초

무엇보다 유일하다는 표현이 좋았다. 지극히 평범한 나 같은 사람도 허락을 받은 느낌, 잘하지는 못해도 꾸준히 해나갈 수만 있으면 시작해도 된다는 느낌, 참으로 고마운 마음이었다. 어쩌면 그것이 지금 이 순간 내게 글을 쓸 수 있게 하는 원천인지도 모르겠다.

하지만 인내심이라는 말에 마음이 쓰인다. 참고 견디는 마음이라 하는데, 흔히들 인내심이 강하다는 표현을 쉽게 하지는 않는다. 당장 나만 보더라도 일상의 번잡함이 조금만 늘어나도 제일 먼저 손을 놓는 일이 바로 일기를 쓰거나 글을 쓰는 일이다. 참고 견디며 해내가는 것이 아니라, 좋은 날 다시 시작하겠다며 따로 미루기가 보통이다.

어려운 질문이다. 아니, 글을 써 내려가는 지금도 아직 헤매는 것이 사실이다. 하지만, 이제부터라도 인내심을 가지고 꾸준히 내게 질문을 해볼 생각이다. 인내심을 가지고 있느냐고. 유일한 길이라 믿으며 달려가고 있느냐고 진지하게 물어볼 생각이다. 가끔 꿈이 크다는, 욕심이 많다는 핀잔을 듣더라도 기죽지 않고 달려가 볼 생각이다. 적어도 가만히 멈추어 서 있는 것보다는 낫지 않겠느냐며. 믿는 마음만큼 달려가 볼 생각이다.

생을 다 살고 지난날을 뒤돌아볼 때
내가 그 순간들에 한쪽다리만 걸치고 있었던 것이 아니라,
온전히 나 자신을 바치기 위해 최선을 다했음을 느끼기 바래요.

– 「인생수업」 중에서

운 좋은 사람

살다 보면 가끔 예상하지 못한 일들을 경험하게 된다. 그럴 때 기쁜 일은 예상 못한 것 이상으로 기쁘게, 반대로 속상한 일은 두 배 이상의 아픔으로 다가오곤 한다. 하지만, 기쁘다 혹은 슬프다라고 말을 할 수는 없지만, 일상적이고 사소한 것이 특별해지고 새롭게 보여 질 때가 있다. 전혀 다른 새로운 시선이 생겨난 것처럼 말이다.

요즘은 날씨가 제법 좋아 오후 햇살이 자주 나를 유혹한다. 그래서 아이가 낮잠을 자고 일어나면 간단하게 간식을 먹은 후 자연스럽게 공원으로 향하게 된다. 아이에게 비둘기를 가르쳐준다며 뻥튀기를 챙겨 나간 적도 제법 될 것 같다. 그렇게 공원에서 또래 아이를 둔 엄마들과 자연스럽게 이야기를 나누는 동안 내가 생각해도 참 많이 변한 느낌이다. 원래가 사람들하고 이야기 나누는 것을 좋아하지만, 아는 사람 하나도 낯선 공원에서 먼저 혼자 아는 척 하며 인사하기가 민망해 몇 번이나 주저했는데, 아이가 생기고 난 다음부터는 훨씬 쉽고 편해졌다.

'아이 몇 개월이에요?' 라며 자연스럽게 얘기를 건네면, 그 중 열에 아홉은 'O개월인데요' 라고 대답을 하며 이야기의 물꼬를 튼다. 그러다 보면 엄마들의 마음은 모두 비슷한지 답답해서 아이를 데리고 나왔다며 서로의 이야기를 한다. 계속 집안에서 생활을 하자니 갑갑하다고. 아이밖에 없고 나는 사라진 것 같다며, 그리고 아이를 키우는 일이 생각보다 꽤 어려워 힘겹다는 얘기를 나누게 된다.

그러다가 만난 사람이 예슬이 엄마다. 내 아이보다 8개월 정도 빠른 예슬이를 보면 대견해 보이고, 좋아 보인다. 걸어다니고, 엄마 말귀를 알아듣는 것이 부럽다면서 이야기를 하면, 이제는 하고 싶은 것만 한다며 예슬이를 키우는 어려움을 얘기하면서도 한없는 마음으로 바라보고 있는 그 모습을 보면서 참 예쁘다는 생각을 했었다.

둘째의 이야기가 나왔을 때, 서로 둘째는 언제 가지냐고 묻다가 '예슬이가 작년에 입던 옷이 있는데, 입으시겠어요?' 라고 물어오는 것이었다. 놀라 되물으면서 '지야 주시면 고맙죠. 얼마 못 입는데 사려고 하니 돈도 장난이 아니고, 얻어 입으면 좋죠' 라고 했더니, 다음에 공원에 나올 때 가지고 나온다는 것이었다. 전혀 예상하지 못했던 일이었다. 막 10개월에 접어들면서 처음 맞이하는 여름이다 보니, 티셔츠며 반소매 옷이며 몇 가지 준비를 해두었다. 그렇지만 여름인데다가 요즘은 이유식을 하고 있어 몇 벌 더 구입을 해야 하나 말아야 하나 고민하고 있었는데, 이렇게 고마울 때가 있나 싶었다.

그 후, 공원에서 몇 번 만나려고 했었는데 날씨가 굿다거나 혹은 개인적인 일이 있어 외출을 하게 되어 만나지 못하다가 한참 지나 다시 만나게 되었다. 한두 개라도 여름 한 철 보내면 충분하다는 생각에 고마운 마음으로 공원에 갔었는데, 가방에 한 자루였다. 여름에 입을 옷에서부터 가을에 입힐 수 있는 옷까지, 많은 양에 제법 놀랬다. 신경을 써서 구입을 한 것이고 주위에 마땅히 줄 사람도 없고 버리기도 그렇고 해서 보관하고 있었던 거라며, 보고 맘에 들지 않으면 버리라며 한 보따리를 챙겨주는 것이었다. 한두 개 정도를 예상하고 있었는데, 이렇게 많이 챙겨줘 당황스러우면서도 하면서 그 마음이 너무 고마웠다. 받아 들고 집으로 돌아와, 하나씩 정성스럽게 깨끗하게 빨아놓은 옷을 보니 방 안 가득 따뜻해지는 느낌이었다.

다음날, 마트에 갔다. 너무 고마운 선물을 받았기에 좋은 옷을 선물해주고 싶었지만, 그렇게 하지는 못하고 적당한 가격의 옷을 샀다. 다음날 만나면 줘야지 했었는데, 며칠 비가 오고, 외출할 일이 몇 번 생겨 결국 어제 만나 작지만 고맙다고 주는 선물이라며 마음을 전해주었다. 안 입는 옷을 준 거라며 이런 거 안 줘도 되냐고 당황하며 사양하는 손에 억지로 쥐어주었다. 예슬이에게 옷이 잘 맞았으면 좋겠다는 마음과 함께 좋은 사람을 만나게 된 인연에 너무 감사한 느낌이었다.

　주위 사람들에게 공원에 갔다가 이런 일을 겪었다고 주위에 이야기를 했더니, '복 많네!' 라고 얘기한다. 정말 난 복 많은 사람일까. 학창시절 시험 운도 지지리 없는 편이었고, 어디 경품을 신청해도 걸린 적도 없었는데. 하긴 로또로 몇 만 원을 받을 적이 있긴 한데, 기쁨을 함께 나눈다고 나간 돈이 더 많으니 복이 많다고 해야 할 지 사실 잘 모르겠다. 대신 복이 많지는 않아도 운은 좋은 것 같다. 아니, 좋아지고 있다고 스스로 믿고 싶은 건지도 모르겠다.

　착한 일을 많이 하고 좋은 마음을 가진 사람이 복을 받는다고 했으니, 좋은 마음도, 착하게 한 일도 많지 않아 복 많은 사람까지는 아직 거리가 있어 보인다. 다만, 운이 좋아 그런 일을 가까이 할 수 있는 기회를 얻고 있다는 표현이 더 자연스러울 것 같다. 이렇게 운 좋게 좋은 마음을 확인하는 일이 하나씩 늘어나다 보면 혹시 모르지 않을까. 어쩌다 복 많은 사람들 대열에 대충 끼게 될지도. 이쯤되면 역시 욕심이 과하지 싶다.

스치는 인연

사람의 만남이라는 것이 '참 신기하구나!' 라는 생각을 하게 될 때가 있는 것 같다. 한번 스치고 지나쳤던 사람을 거리에서 우연하게 만나게 된다든가, 버스를 타고 가다가 다시 보게 된다든가 하면 어쩌면 스치는 인연이 아닐지도 모른다는 생각을 하게 된다. 그래서일까. 그런 만남을 하고 난 후에 집으로 돌아오면, 괜히 부자가 된 것 같은 착각을 하기도 한다. 어느새 내게도 '사람 욕심'이 생긴 걸까. 하지만 기분 좋아지는 마음을 부정하고 싶지는 않다.

어제 문화센터에서 '룰루랄라' 수업이 있었다. 아이와 집에만 있기가 답답해서 일주일에 한 번씩 놀이삼아 가는데, 어제 그 수업이 있는 날이었다. 특히 어제는 아이들에게 채소를 가르쳐준다며, 지난주 집집마다 한 가지씩 채소를 배당받았었다.

나는 버섯을, 친구는 가지를 배당받았는데, 갑자기 그 친구가 일이 생겨 수업에 참가하지 못하게 되었다. 그래서 부랴부랴 마트에 들러 가지를 사서 수업에 참기를 했었는데, 아이들이 얼마나 좋아하던지. 장난감처럼 가지고 놀기도 하고 한 입 베어 물기도 하는 모습이 너무 예뻤다.

사실 엄마들이 더 즐거워했다. 아이들의 그 모습을 예쁘고, 귀엽고, 고맙고, 대견한 마음으로 바라보다가 수업이 끝났다. 문화센터에서 곧장 집으로 오려다가 마트에 잠시 들렀다가 가기로 했다. 수도꼭지가 고장이 난 지 며칠이 지나 많이 불편했었는데, 어제도 시장에 갔다 그냥 돌아온 일이 있어 '오늘은 꼭 사야지!' 라는 생각이 들어서였다.

아이 기저귀를 갈기 위해서 수유실에 들어가서 기저귀를 갈고 나서 젖을 물리고 있었는데, 아이와 함께 어떤 엄마가 수유실로 들어와 젖을 먹이는 것이었다. 그런데 얼굴이 굉장히 낯이 익었다. 어디서 본 것 같은데. 엄마 얼굴도 낯이 익고, 아이를 보니 아이의 얼굴도 어디서 본 것 같은데, 어디서 봤더라.

고민을 하며 자세하게 떠올려 생각해보니, 남편과 같이 근무하는 동료의 부인같은데 확신이 생기지 않았다. 그런데 아이에게 젖을 물리면서 '정은아' 라며 부르는 소리에 순간, 확신이 생겼다. 아이의 이름은 워낙 많이 들었었기에 '맞다' 라는 생각이 들었다. 그래서 '저기 혹시' 하고 말을 걸어

보니, 역시 틀리지 않았다.

딸아이보다 두 달 정도 늦은 정은이는 태어났을 때 병원에서 한 번 보고 그 후 처음이었다. 정말 내 아이만 보다가 다른 아이를 보면, '많이 자랐네', '잘 자라고 있네'라는 말이 절로 나오게 된다. 아이는 세상에 나오면 그때부터 쑥쑥 자란다고 하더니, 정말 맞는 말이지 싶다.

임신 전에 한번 만났었고, 아기 낳고 처음 본 것이라 어색할 수도 있었지만, 엄마라는 공통점이, 비슷한 또래의 아이를 두었다는 것이, 그리고 남편들이 같은 부서에 근무한다는 것이, 가끔씩 안부를 궁금해 하였기에 그리 낯설지가 않았다. 그렇게 이런저런 이야기를 나누다가 집에 가서 저녁 같이 먹자는 얘기가 나와 함께 저녁을 먹게 되었다. 그때 회사에서 저녁을 먹고 안부전화를 했던 남편은 '정은이네 집에 놀러 왔어' 했더니 깜짝 놀라 어떻게 만났느냐 궁금해 했었다. 물론 퇴근을 하고 돌아온 정은이 아빠 역시 놀란 눈치였다. 그렇게 오랜만에 함께 이야기도 나누며 좋은 시간을 보내고 돌아오는 느낌이 참 좋았었다.

문득 그런 생각이 들었다. 꼭, '좋은 인연'만을 고집할 것이 아니라, 사람을 만나는 일 자체에 대해 가볍게 여겨서는 안 될 것 같았다. 아니. 세상 그 어디에도 내가 가볍게 대할 수 있는 인연은 없는 것 같다는 생각이 들었다. 만나지 않았어야 했다는 인연도 있었지만, 그것 역시 아주 먼 날에 내려진 결론인 것을, 어떻게 오늘을 살아가는 우리가 미리 장담할 수 있을까. 그러니 애써 인연을 귀히 여겨볼 일이다. 작게 스쳐가는 인연에 귀 기울여 볼 일인 것이다. 지금 내 주위를 가득 채우고 있는 인연도 실은 작고 가벼운 것들에게서 사소하게 시작하였음을 새롭게 떠올려 볼 일인 것이다.

사람은 원래 깨끗한 것이지만,
모두 인연에 따라 죄와 복을 부르는 것이다.
저 종이는 향을 가까이 하여 향기가 나고,
저 새끼줄은 생선을 꿰어 비린내가 나는 것과 같은 것이다.
사람은 조금씩 물들어 그것을 익히지마는
스스로 그렇게 되는 줄을 모를 뿐이다.

― 「법구경」

모리와 함께한 화요일

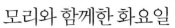

아주 오래된 친구에게서 이 책을 선물을 받고 거의 7년 만에 다시 읽게 되었다. 7년 전쯤 이 책을 읽을 때의 나라는 사람은 젊음을 만끽하고 있었으며, 그 또한 너무나 자연스러운 일이었기에 '죽음'이란 단어는 생소하였다. 굳이 의미가 부여되지 않는 이름이었다. 책 속에서만 존재하는 단어로 느껴졌다. 다만 보편타당한 것이라고 여겨지는 것에 대한 진실된 충고를 해 주는 스승을 둔 '미치'라는 사람이 부러웠다. 그리고 평생 가야 할 길을 가르쳐준 '마지막까지 스승이었던 이'라는 표현대로 평생의 스승을 가지고 있다는 사실이 너무 부러웠다. 그런 스승을 만나지 못한 나 자신에 대한 안타까움, 그 이상도 이하도 아니었다.

그런데 우연하게 이번에 다시 이 책을 읽을 기회가 생겼다. 참 오랜만의 만남이다. 아주 오래된 기다림으로 만난 것도 아닌데. 덮여진 책을 뒤적이는 내 머리가, 내 가슴이 살

갑게 넘겨오는 삶의 따뜻함을 한껏 누리며 자리를 떠나지 못하고 있다.

'사랑만이 유일하게 이성적인 행동이다'라는 레빈의 표현에서 얼마나 머물렀는지 모르겠다. 매일 어깨 위에 작은 새를 올려놓고서는 '오늘이 그 날인가? 나는 준비가 되었나? 나는 해야 할 일들을 다 제대로 하고 있나? 내가 원하는 그런 사람으로 살고 있나?'라며 물어온다면, 나는 어떻게 대답할 수 있을까. 또한, '옛날로 돌아간다고 해도 다시 자식을 낳을 거냐?'라는 질문에 '그 무엇을 준대도 그런 경험을 놓치고 싶지 않아. 비록 고통스런 대가가 있긴 하지만'이라며 남겨 두고 떠나가는 것을 안타까워하던 모습은 아직 눈에 선하다.

어찌 그러지 않을까. 무엇으로 그것을 대신할 수 있을까. 이해가 되는 마음이다. 젊고 건강함에 대해 '내 안에 세 살, 다섯 살, 서른일곱 살, 모든 나이가 있는데 왜 미치 자네가 부럽겠냐?'라며 거쳐 온 시절을 별스러워하지 않는 여유에는 정말이지 박수를 보내주고 싶었다. 철학이나 종교적인 시선을 떠나 나도 이 사람처럼 떠날 수 있으면 얼마나 좋을까. 읽는 내내 닮고 싶다는 생각을 참 많이 했었다.

그는 하고 싶은 것과 하기 싫은 것 그 중간에서, 또한 해야 하는 것과 해야 되는 것들 그 중간에서 무엇이 최선인지를 고민하는 일에 노력을 아끼지 않았다. 아니 그것보다 그 최선의 길을 선택함에 있어 가장 먼저 배려해야 되는 것이 무엇인지에 대한 진심어린 충고도 잊지 않았다.

가끔 '내가 철학 책을 펼쳐놓고 있나?' 라는 생각이 들기도 했었다. 예전에 부처님께서 말씀하실 때, 사람과 때에 맞게 표현을 달리 하신다는 얘기를 들은 적이 있다. 그 이유는 각자의 근기에 맞게, 또한 그 상황에 맞게 일러주어 무리 없이 이루어낼 수 있게 함이 그 목적이라고 하였는데, 정확하게 그런 느낌이었다. 이해 되어지는 질문과 진실된 답으로 가득 차 있었다. 분명하고 확실하지는 않지만, 삶에 있어 부족해도 되고 넘쳐야 하는 것이 무엇인지에 대한 구분이 이루어진 느낌이 싫지 않았다.

책을 읽으면서 기억에 남는 부분이 두 가지 있었다.

그 한 가지는 '모리 선생님은 누구와 함께 있으면 완전히 그와 함께였다. 눈을 똑바로 응시하고 세상에 오직 그 밖에 없는 것처럼 이야기를 들어주었다' 라는 부분이었다.

왜 이 말이 아직도 기억되고 있는지, 부끄러워지는 마음이 왜 함께 떠올랐는지 모르겠지만, 글자 하나하나가 내 머리를 두드리고 있었다. 징검다리를 건너오듯이 한 걸음씩 또박또박.

미치의 얘기처럼 다른 생각을 하다가 어느 순간, 상대방이 이야기가 끝날 때 즘에 '아, 그래!' 라며 맞추어내었던 자잘한 기억들이 떠오르는 이 느낌. 정말 이렇게 정곡을 찔리고 나면 할 말이 없다. 변명을 해야 할 이유마저 찾질 못하니 말이다.

나의 이야기가 온전하게 전달되고, 느낌을 함께 하고 싶어 하는 만큼, 그들도 다르지 않았을 텐데. 미안해지는 마음이다. 진심으로 용서를 구해본다. 다만, 앞으로는 온전하게 소통되고, 바라보고 있는 거리를 존중하며, 배려하는 자세를 키워보겠다는 마음으로 허락을 구해보고 싶다. 삶에 있어 배려됨과 존중됨의 가치가 발휘될 수 있는 곳이 아주 많이 있으니, 놓치지 않으려 애쓰겠다는 다짐과 함께 말이다.

다른 또 한 가지는 '그 일을 밝히면 샬럿이 언짢아 할지 몰라서' 라며 모리 선생님이 뒤로 빼는 모습에서였다. 미치는 유일하다는 표현을 쓰면서 밝혔는데, 앞서의 얘기가 친구나 혹은 다른 사람과의 관계였다면 여기서는 평생을 함께 하는 동반자에 대한 관계였다. 결혼과 함께 평생을 함께 하는 사람. 처음부터 함께하지는 않았지만, 어느 순간 한 길로 들어서 끝까지 같이 걸어가야 하는 사람. 바로 그 사람에 관한 부분이었다. 이 관계 역시 '배려' 였으며, 또한 '존중' 이었다. 가장 가까운 곳에서 가장 쉬운 마음으로 대하기 쉽지만, 실은 그 가치를 따지는 것조차 조심스러워야 한다는 것이었다. 곁에 있는 사람에 대한 배려와 이해, 그리고 그것은 사랑이었다.

그러나 무엇보다 이 책을 덮으면서 머릿속을 떠나지 않은 것은 마하트마 간디의 멋진 구절과 함께 한 '죽음'에 관한 글이었다.

— 매일 밤, 잠자리에 들 때면 나는 죽는다. 그리고
다음날 아침, 잠에서 깨면 나는 다시 태어난다.

그는 죽음에 대해서 어느 순간 갑자기 전화나 전보로 죽음을 알게 하지 않았으며, 죽음의 순간이 가까워지자 사랑하는 사람들이 죽음을 준비할 수 있도록 도우면서 자신도 함께 죽을 준비를 하였다.

그는 포옹과 키스와 대화와 웃음과 작별인사 없이 떠나는 일이 없도록 살아 숨 쉬는 동안, 내내 포옹하고 키스하고 대화하고 웃음을 나누는 일을 아끼지 않았다. 뿐만 아니라, 그는 온전하게 삶을 누리면서 살다가 죽는 것은 생명이 끝나는 것이지 관계가 끝나는 것은 아니라며 영원한 헤어짐이 아니라 하였다.

다만 살아있을 때에 마음껏 누리겠다는 자세로 충분히 사랑하고, 충분히 대화하고, 충분히 웃는 것이 더 중요하다고 하였다. 그렇게 온전하게 즐기는 삶은 영원을 얻는다고 하였다.

아름다운 얘기이다. 참으로 마음이 가는 소리이다. 그 소리가 이제야 들리다니. 그 진심이 이제야 보이다니, 7년이 지난 오늘에서야 그 마음을 알아차리다니. 한참을 돌아온 느낌이다.

보통 '때가 안 되었다' 는 말을 듣곤 하는데, 시간을 필요로 하는 일들이 따로 있음을 두고 하는 말인 것 같다. 배우는 것으로, 익히는 것으로 이루어지는 것이 아니라 자연스럽게 이해하고 받아들이게 되는 것들이 따로 있는 것 같다. 이 순간, 앞으로 내가 살아가는 동안 나를 기다리고 있는 일이 무엇인지 알 수 없지만, 너무 새롭지 않았으면 좋겠다는 생각이 든다. 그리고, 너무 많지 않았으면 좋겠다. 적당하게 받아들일 수 있는 날, 적당히 내게 다가오면 좋을 것 같다.

자주 그리고 많이 웃는 것
현명한 이에게 존경을 받고 아이들에게서 사랑을 받는 것
정직한 비평가의 찬사를 듣고 친구의 배반을 참아내는 것
아름다움을 식별할 줄 알며 다른 사람에게서 최선의 것을 발견하는 것
건강한 아이를 낳든 한 뙈기의 정원을 가꾸든 사회 환경을 개선하든
자기가 태어나기 전보다 세상을 조금이라도
살기 좋은 곳으로 만들어 놓고 떠나는 것
자신이 한때 이곳에 살았음으로 해서
단 한사람의 인생이라도 행복해지는 것
이것이 진정한 성공이다.

– 랄프 왈도 에머슨

20% 할인

공짜라는 것보다 할인이라는 표현에 더 신뢰가 가는 요즘이다. 공짜라면서 주는 물건이 있으면 의심부터 생겨나는 세상 속에 살고 있다 보니, 사실 공짜물건보다는 할인물건에 더 믿음이 가곤 한다.

거기다 나름대로 이름 있는, 유명회사의 할인에 대해서는 어디서부터 그런 끝없는 믿음이 생기는지, 당장 필요하지 않아도 구입에 충분한 이유가 저절로 만들어져 나중에는 스스로 잘 샀다는 마음까지 들게 하곤 한다.

그래서일까. 평소엔 사람이 없어 장사가 안 된다는 백화점도 할인을 한다고 하면 줄을 서서 기다리는 사람들로 북적이는 이유가.

예전에 살던 집이 중심가는 아니지만, 버스도 제법 다니고 은행도 몇 개가 되는 곳으로 사람의 왕래가 잦은 편이었다. 그렇다고 해서 그 규모가 큰 것은 아니었다. 크지도 않은 대략 이, 삼백 미터 안에 다섯 개의 은행과 두 개의 시장, 한 개의 목욕탕, 세 개의 빵집이 밀집해 있는 조금 집약적인 구조를 띤 곳이었다.

은행은 그렇다고 치더라도 가장 의아하게 생각되는 것이 바로 세 개의 빵집이다. 이름 없는 개인 빵집인가 하면 그렇지도 않은, 우리나라에서 빵집 하면 떠오르는 유명한 빵집이 한 길에 채 오십 미터도 안 되는 간격을 두고 경쟁을 하고 있었다. 본래 두 개였던 빵집에 새롭게 하나가 더 생기면서 세 개가 되었다.

경쟁이 있어야 품질이 나아진다고 했던가. 품질의 차이는 크게 느껴지지 않는데, 분명 덕을 보는 부분이 생기기는 했다. 덕을 봤다는 표현도 좀 우습지만, 예전과는 다른 일들이 생기기 시작했으니, 그리 틀린 얘기는 아니지 싶다.

할인을 한 달에 하루, 이틀 정도 제한된 제품만을 내놓았던 기존의 빵집이 새로 생긴 빵집을 의식해서일까. 일주일 내내 할인을 하고 있다. 그것도 한 테이블 위에 진열되었던 제품은 두 테이블을 가득 채워 종류도 많고, 수량도 많게 해서 요며칠 계속 할인을 하고 있다. 그 앞에 커다란 '고객감사 20% 감사할인'이라는 멋진 장식을 펄럭이면서 말이다. 물론 고객감사라는 카드가 보이지 않을 만큼 줄 지어 서있는 사람들을 쉽게 상상할 수 있으리라 여겨진다. 그런데, 유독 마음이 곱지 않아서일까. 그리 즐겁지 않았다.

'고객감사' 라는 말에 심사가 조금 뒤틀렸다는 것이 솔직할 것 같다. 고객감사. 그래. 참 좋은 말이다. 좋은 의미지. 그래, 그동안 감사했겠지. 그래, 그랬을 거야. 그런데, 이렇게 새로운 빵집을 들어서고 오픈세일을 며칠 동안 하니까 급하게 그런 마음이 들었느냐고 물어보고 싶어졌다. 뭐랄까. 제 속을 차리겠다는 느낌이 별로 좋아 보이지 않았다. 그동안에도 그렇게 좀 해왔으면 얼마나 좋았을까라는 생각이 들면서.

고객감사 빵집에서 할인된 식빵을 하나 달랑 사오면서 속이 좁은 건지, 이해가 짧은 건지, 지식이 부족한 건지 혼자서 투덜댄다. 차라리 할인을 하지 않았다면 더 신뢰했을 것 같은 기분에 못내 아쉬워진다. 그렇지만 어차피 빵집도 기업체이고, 이익을 남겨야 하는 것이고, 원치 않은 방어를 해야 할 때도 있을 것이다. 그 사실에 대해 내가 무슨 말을 할 수 있을까.

다만, 광고를 통해 느꼈던 고객을 먼저 생각하고, 고객과 함께 한다는 말을 내가 너무 믿었지 싶다. 참 못 믿을 세상이다. 느끼는 대로 느끼고 믿는 것이 아니라, 믿을 것과 그렇지 않은 것을 구분해내는 능력이 필요한 세상이다.

문득 그 얘기가 생각난다. 거리에서 구걸하는 장애인도

152

사실은 장애가 없는 정상인인데 일부러 저렇게 하고 있으니, 도와줘서는 안 된다던 얘기. 어른에게 껌을 파는 아이도 실은 부모나 다른 사람이 시켜서 하는 일이어서 결국 그 아이를 돕는 게 아니므로 팔아주면 안 된다던 얘기. 마치 보이는 것을, 느끼는 것을 그대로 믿어서는 안 된다고 말한다. 참 어려운 일이다. 아직은 믿고 싶은데. 그대로 믿어주고 싶은데, 그래서는 안 된다고 세상이 나를 가르치는 것 같다.

통닭

요즘 아파트 입구에 붙어있는 전단의 절반 이상이 치킨이라 해도 틀렸다고 얘기할 사람은 별로 없을 것 같다. 2판을 같이 주면서 한판 가격이라고 광고하는 피자도 치킨가게의 개업 수를 따라가지는 못할 것 같다. 하루에도 몇 개씩 붙어있고, 떼고 돌아서면 또 다른 치킨가게 전단이 떡 하니 자리를 잡고 있으니 말이다. 이름도 얼마나 많고 다양한지 모르겠다. 원니스에, 포촌에, 교촌, 부촌, 부어, 네네라는 이름까지, 기억하는 이름만 해도 몇 가지된다. 지금도 언제든지 전화 한 통만 하면 달려올 준비를 마치고 고객을 기다리는 치킨가게로 어느 꽃집에서 개업 화환을 들고 열심히 달려가고 있을 것 같다.

이젠 치킨이라는 이름이 쉽게 다가오지만, 사실 치킨이라는 이름이 낯설게 느껴진 적이 있었다. 치킨이라는 이름보다는 '통닭' 이라는 이름으로 더 많이 불렀던 어린 시절의 기억 때문에 그랬던 것 같다. 울산에 가면 지금은 8차로가 뚫려버린 도로에 역전시장이라는 곳이 있다. 예전에 울산역이 근처에 있어서 그렇게 지어졌다고 들었다. 물론 지금도 역전시장은 존재하고 있지만 십, 이십 년 전의 명성을 찾아보기 어려울 만큼 작고 소박해졌다.

역전시장에 가면 사람도 넘쳐났고, 물건도 넘쳐났고, 얘기 소리도 넘쳐났다. 그래서일까. 지금도 눈을 감으면 그려낼 수 있을 만큼 추억거리가 가득한 곳이었다. 바로 그 시장의 한 모퉁이를 돌아서면 통닭집이 줄을 서서 성업을 하고 있었다. 지금은 전화로 주문만 하면 원하는 양에, 원하는 맛으로 배달을 해주지만, 그때는 직접 사러 갔었다. 지금은 고객이 왕으로 대접받는 시대지만, 그때만 해도 주인이 왕이었다. 한참을 기다려 통닭을 받고선 우리가 아주 고마워하는 편이었고, 오히려 바쁜 통닭집 주인은 인사를 듣는 둥 마는 둥이었다.

그렇다고 깨끗하기나 했을까. 지금 치킨 가게에서 배달되어 오는 것을 보면 기름지다고 기름종이를 깔고, 밖에는 색채가 들어간 상자에, 하얀 무에, 거기다가 덤으로 콜라까지 한 병 얹어 고객의 손으로 넘어가는 순간까지 90도 인사를 한다.

그러나 그때는 누런 기름종이로 한번 싸고 검은 비닐봉지에 넣고, 하얀 비닐이나 종이에 싼 소금을 같이 넣어 질끈 묶어 건네주었다. 통닭을 먹을 수 있다는 사실에 어느 하나 부족해 보이는 것이 없었고, 못나 보이는 것이 없었다. 물론 일상적인 날이 아닌, 특별한 날에 먹을 수 있는 별식이었음을 밝혀둔다.

내겐 이모가 많은 편인데, 이모들이 한 번씩 우리 집에 모일 때면 통닭을 사왔다. 그날은 잔칫날과도 같았다. 새삼 그날의 기억이 떠오른다. 거실부터 시작해서 방마다 불이 밝혀지고, 음식을 먹으면서 얘기꽃을 피우고, 가끔 동양화를 그린다고 정신이 없었던 이모와 부모님의 모습을 등 너머에서 구경하느라 바빴던 기억이 떠오른다. 그때 먹었던 통닭을 지금 무엇과 감히 비교할 수 있을까. 이미 그 시간을 되돌릴 수가 없는 것처럼.

물론 통닭이 언제나 행복한 기억만 심어준 것은 아니었다. 지금도 마찬가지지만, 아버지는 자식들과 자잘한 이야기 나누는 것을 어려워하신다. 그러고 보니, 아버지에게서 '사랑한다'는 말을 들어본 적이 없는 것 같다. 그 마음을 모르는 것은 아니지만, 표현하는 사랑에 대해 많이 약하신 편이다. 학교를 다닐 적에는 '공부를 잘해야 한다'는 얘기를 주문처럼 전달하셨고, 어른이 되어버린 지금은 사회가 너희가 생각하기만큼 쉽지가 않다며, 대비를 하면서 살아야 한다고 걱정 가득한 조언을 해주신다.

물론 이런 얘기마저도 자주 하시는 편이 아니다. 어릴 적에 회식을 마치고 오시는 길이었는지, 회사 동료와 약주를 하고 오시는 길이었는지 집으로 오는 길에 통닭을 사가지고 오셨다. 그런 날은 우리 형제 모두 호출을 당했다. 잠을 자고 있다가도 번쩍 일어나서 아버지의 통닭을 함께 먹었다.

제법 시간이 흐를 동안 아버지는 인생의 쓴 부분과 어려움에 얘기를 해주셨다. 지금 생각해보니, 어쩌면 아버지 당신께서 바로 그런 시절을 견디고 계셨던 것은 아니었을까 싶어진다. 아버지에겐 통닭을 먹으면서 얘기하는 그 순간이, 아버지의 마음을 우리에게 보여줄 수 있는 가장 좋은 방법이라 믿으셨는지도 모르겠다. 그래서일까. 지금도 '통닭' 하면, 부랴부랴 잠자리에서 일어나 아버지께 인사하고 모여 앉아 통닭을 먹었던 일이 먼저 떠오르니 말이다.

모든 일이 그렇듯이, 시간이 지나고 나면 다 좋아 보인다고 했던가. 이젠 치킨에 너무 익숙해져서 통닭이라는 소리를 들으면 타지에서 고향 사람 만난 것처럼 반가운 마음이 먼저 고개를 내민다. 그런 반가움은 약간의 향수를 동반해서 가슴 한구석으로 밀어두었던 것들을 꺼내게 하는데, 세월에 대한 연민을 함께 떠올리게 한다. 어쩌면 연민보다는 동정에 가까운 안타까움인지도 모르겠다. 이젠 통닭이 아닌, 싱싱한 생선회를 즐겨 드시는 아버지를 바라보면서도 그와 비슷한 마음이 생겨난다.

지독했던 그 시절, 누구보다 의지가 강하고 현실적이었던 아버지도 이젠 손자, 손녀의 재롱 앞에 아이스크림을 사러 가야 하는 할아버지가 되어가고 있다는 사실이 자연스러우면서도 안타깝고, 애잔해진다. 높은 하이힐을 즐겨 신던 멋쟁이 이모들이 사온 통닭도, 붉은 거실등과 함께 불태워졌던 그날의 추억도, 이젠 모두 기억으로만 존재하고 있을 뿐이다.

어디 통닭만 그러할까. 저마다의 사연으로 들추어내는 것마다 나름의 기억으로 포장되어져 있는 것을. 이제부터라도 나의 기억이 더 많은 것을 잊어버리기 전에 애써 하나씩 더 들춰봐야겠다. 너무 늦기 전에.

손 참 크다

1

가끔 어른들의 표현 중에 '손 참 크다!' 라는 말이 있다. 사실 그런 표현은 정말 손이 거인처럼 크다는 의미보다는 일반적으로 씀씀이를 가지고 그런 표현을 하시는 것 같았다. 경우에 따라 넉넉하고 후한 인심을 표현하는 의미로써 긍정적으로 쓰이기도 하고, 때론 씀씀이에 알이 차 있지 않다거나 혹은 낭비되는 것을 우려하는 의미로 농담처럼 던지는 부정적인 의미도 함께 가지고 있는 것 같았다. 그러나 어찌되었든, 긍정적이든, 부정적이든 일단은 '남다르다' 는 맥락에서 출발하는 데에는 큰 차이가 없어 보였다.

시집오기 전, 밥도 제대로 할 줄 몰랐던 내가 엄마에게 '손 참 크다!' 라는 소리를 들은 적이 있었다. 결혼식 날짜를 잡고 나서였던 것 같다. 나이 서른이 다 되도록 엄마 생신 날 미역국을 끓여 드린 적이 없다는 사실에 스스로 적잖이 놀라, 미역국을 한번 끓여 드려야겠다는 마음을 먹고 있었다.

마침 엄마는 모임이 있어 나가고 집에 없길래 깜짝 놀라게 해줘야지 생각을 하면서 부라부라 미역을 찾았다. 미역국을 직접 끓인 적은 없었지만, 으레 아버지 생신이나, 내 생일, 혹은 동생 생일이 있으면 전날 잠자기 전에 대야 안에 담겨져서 한없이 풀어헤쳐진 미역을 본 기억이 있어 나 역시 그렇게 해야겠다고 생각을 했다. 그런데 미역은 쉽게 찾아졌는데, 다른 문제가 나를 기다리고 있었다.

미역이 뭉쳐져서, 압축된 것처럼 말라져서 서로서로 꼭 붙어있으니, 도대체 양을 가늠할 수가 없었다. 어느 정도가 1인분인지. 우리 식구 5인분을 해야 되는데, 얼마만큼 하면 적당한지 확인할 길이 없었다. 봉지에 넣어서 파는 미역이라면 봉투에 적혀있는 몇 인분의 몇 그램, 그것을 수학적인 분수를 나름대로 동원해서 어떻게 해보겠는데, 그냥 종이에 싸여 있는 이건 정말 전혀 감이 오지 않았다. 그렇다고 엄마 생신 미역국을 끓이면서 엄마에게 전화해 얼마만큼 해야 되냐고 묻는다는 건 정말 너무 부끄러운 일이었다.

결국 열심히 고민을 하다가 '그래, 결정했어!' 라며 '이 정도면 되겠지!' 하고 그냥 느낌이 가는 데로 하기로 마음을 먹었다. '그래 봤자 미역인데 무슨 일이 날 게 있겠어' 라면서

160

말이다.

대야에 물을 담고 미역을 넣고 나니, 꼭 미역국을 끓여 드린 것처럼 마음이 편안한 것이 너무 좋았다. 저녁 약속으로 엄마가 늦게 들어온다는 것을 알고 있었기에, 내일의 멋진 미역국이 되기 위해, 시원스럽게 풀어 헤쳐지고 있을 미역을 떠올리며, 일찍 잠자리에 들었었다.

그런데, 아뿔싸. 깜빡하고 알람을 맞추지 않고 잠들어버렸다. 눈을 뜨고 부엌으로 달려가 보니 벌써 7시를 넘기고 있었다. 그리고 이미 냄비에서 미역국이 보글보글 끓여지고 있었다. 보통의 우리나 아버지 생신과는 다르게 미역국 하나밖에 끓이지 않는 조촐한 엄마의 생신상은 이미 차려져 있었다. 어찌나 미안하던지.

'엄마, 내가 끓여줄려고 했는데' 라며 엄마에게 얘기를 건넸더니, 엄마가 한참을 웃는 것이었다.

"니가 미역 담궈 났제?"

"응. 내가 엄마 미역국 끓여줄려고 했는데."

이야기인 즉, 아침에 밥을 하려고 부엌에 들어왔다가 놀래서 뒤로 넘어지는 줄 알았다는 것이다. 싱크대 안을 뭔가 검은 게 가득 채우고 있더라는 것이었다. 처음엔 저게 뭔가 싶어 잔뜩 겁먹었다가 다시 와서 살펴보니 미역이었다고 한다. 그 양은 또 얼마나 많았던지. 미역국을 3, 4번은 더 끓여 먹어도 될 만큼의 미역이 '나 몰라라' 하면서 싱크대 안을 가득 채우고 있더라는 것이었다.

그 얘기를 들으면서 '엄마가 얼마나 놀랐을까!' 라는 생각과 함께 싱크대 안에 흐느적거리며 자기 마음대로 누워서 엄마를 바라보았을 미역들을 떠올려보니 한참 웃음이 나왔다. 그런 나를 보면서 엄마는 완벽한 마무리를 해주었다.

"할 줄은 모르면서, 하여간 손은 커요!"

요즘도 미역을 물에 불리려고 대야에 물을 모으다 보면 그 기억이 먼저 떠오른다. 조금 덧붙여 '나는 손이 큰 사람이다!' 라는 칭찬 아닌 칭찬을 하다가, '이왕이면 통이 큰 게 작은 거 보다 좋잖아' 라면서 스스로 멋진 결론을 내려가면서 말이다.

물론 그때 엄마는 긍정의 뜻이었는지, 아니면 부정의 뜻이었는지는 잘 모르겠다. 다만, 이왕이면 내가 손이 작아서 마음까지 작다는 소리를 듣기보다는 넉넉한 마음으로 베풀면서 살 줄 아는 사람이 되길 바라는 마음이 조금 담겨져 있었을 것 같았다.

아니, 어쩌면 '손이 커서인지 마음이 제법 넉넉하고 크네!' 라는 소리를 듣는 딸이 된다면, 그 까짓 미역의 양을 못 맞추는 것이 뭐가 그리 대수겠냐고 엄마는 믿어주고 싶었던 건지도 모르겠다.

하여간 어찌되었든 나는 지금도 여전히 '손이 크다'라고 믿고 있으며, 뿐만 아니라, 이제는 정확하지는 않아도 대충 미역의 양도 가늠할 수 있을 정도가 되었다. 그러니 앞으로 남은 것은 넉넉한 마음만 더 연습하면 되지 않을까 싶다.

2

사실 '손이 크다'라는 소리에 가장 먼저 떠오르는 사람은 바로 엄마다. 집에 손님을 치를 일이 생기면 '많다' 싶을 정도로 준비를 하신다. 고기를 즐기는 사람을 위해서는 고기를, 회가 입에 맞는 사람을 위해서는 돈을 아껴 한가지로 사오기보다는 돈을 조금 더 들여 몇 가지를 준비해 놓으신다.

마실 것을 준비하는 일마저도 몇 가지로 나누어서 먹는 즐거움을 느끼게끔 준비하는 사람이 바로 엄마였다. 쌈을 좋아하는 사람을 위해 상추에 깻잎에 다시마, 쑥갓, 양배추 등 갖은 채소를 준비해서 푸짐한 재료와 재래 양념을 가득 넣은 된장찌개까지 준비를 끝내고 손님을 치른 날 저녁이면 녹초가 되어서 잠들어 버리는 사람도 바로 엄마였다. 어디 그 뿐일까. 돌아가는 손이 허전하다며 준비한 음식을 몇 가지씩 골라 집에 가서 먹으라고 전해주는 사람도 바로 엄마였다.

사실 엄마의 어린 시절은 그리 넉넉하지 못했다. 시집을 가면서 챙겨간 것도 손으로 꼽을 정도였다. 밑으로 줄줄이 있는 동생들을 건사하는 일이 전부였던 엄마는 지금 내가 누리는 것들의 절반의 절반도 누리지 못했던 맏이였다.

그렇게 시집을 갔기에 집을 장만하는 일도 쉽지 않았다. 엄마는 어렵사리 장만한 집에 살면서 참 열심히 돈을 모았다. 밤이나 마늘 까던 모습은 너무 익숙했고, 무엇이 그리 바빴는지 모르겠다고 여겨질 정도로 엄마는 늘 바빴다. 그리고 지금도 어렴풋이 기억이 나는데, 한 칸이라도 더 세를 놓아야겠다며 부엌에서 방까지 마당을 지나면서 밥상을 들어 나르기를 대략 4년 정도 했었다.

한번은 그런 일도 있었다고 한다. 전세로 들어간 집에서 사정이 있다며 방을 빼달라기에 말없이 옮겨줬더니, 전세계약서를 쓴 적이 없다면서 오리발을 내미는 집주인에게서 악착같이 전세금을 받아낸 것도 바로 엄마였다.

아버지가 사업을 하던 시절, 아버지를 찾아와 돈을 꾸는 사람들이 생겨났고, 그 일로 아버지와 엄마는 자주 다툼이 생기곤 했었다. 며칠 후에 반드시 갚아준다던 사람들은 소식이 없고, 대금결제를 담당하던 엄마는 돈이 없으니 재차 따져 묻게 되었고, 결국 엄마는 돈을 빌려간 사람들에게 직접 연락을 돈을 받아내기에 이르렀다. 누구보다 억척스러웠고, 현실적이었으며, 돈을 쉽게 생각하지 않았다.

그런 엄마였지만, 집에 손님이 온다고 하면 있는 반찬, 없는 반찬 모두 모아서 따뜻한 김이 올라오는 밥상을 준비했다. 사람 집에 사람이 찾아오는 일은 좋은 일이라며, 어느 누가 오더라도 소홀하게 대하지 않았다. 고깃국에 맛난 반찬만으로 대접하는 것이 아니라며, 평소 김치만 먹고 지내다가도 몇 가지 반찬 더 준비해서 대접해야 한다고 생각했던 엄마. 무엇보다 정성이 중요한 것이라며, 남이 알아주든, 알아주지 않든 이렇게 준비하는 마음이 중요한 것이라 엄마는 음식을 준비하는 일에 늘 열의를 다했다. 다른 사람들이 어떻게 생각하느냐는 마음에 담지 않으려고 애썼다. 없는 살림이라더니 매일 맛있는 반찬 먹으면서 엄살을 부린다는 얘기도 귓등으로 흘려보냈다.

예전에 아버지 생신날이 되면 아버지 형제들이 모두 집에 모여 저녁을 같이 먹고, 다음날 아침까지 놀다가 집에 가셨다. 생신 며칠 전부터 엄마의 고민은 시작되었다. 이젠 베테랑이 되어서 걱정할게 뭐가 있을까 여겨졌지만, 여전했다. 국은 무엇으로 할까, 반찬을 어떤 것을 할까, 고기는 이번에 어떻게 할까, 어떤 회를 살까, 하다못해 맥주는 몇 병이 적당하고, 소주는 일반 소주에 다른 종류의 소주는 몇 병이 좋을까를 고민했다.

그렇게 준비한 음식 앞에 다들 무슨 음식을 이렇게 많이 준비하느냐며, 역시 손이 크다는 얘기를 하신다. 그래서 내가 물은 적이 있다. 무슨 음식을 이렇게 많이 준비하느냐고. 그랬더니, 엄마의 대답은 늘 이랬다.

"많이 해봤자 1년에 한 번, 내 집에 남도 아니고 식구들이 오는데 이것저것 준비해서 하나라도 더 먹게 해주고 싶어. 다른 특별한 것을 해주지는 못해도, 이렇게 집에 왔을 때 음식이라도 넉넉하게 주고 싶어."

그런 엄마였지만 요즘은 많이 달라졌다. 그렇게 한꺼번에 손님이 올 일도 없어졌고, 초대를 해서 먹는 일보다 밖에서 만나 사 먹는 일도 많아졌다. 그러니 자연스럽게 집에서 음식을 해 먹는 일도 줄었고, 그 양도 줄었다. 그러나 엄마는 여전히 얘기하고 있다. 음식은 정성이라며, 누구라도 오는 사람이 있으면 집에 있는 것 중에 맛나고 좋은 것을 골라 대접해야 한다고. 그게 기본이라고.

받은 것도 없고, 베풀어야 한다는 것을 배운 적도 없는 엄마였지만, 받는 것보다 주는 것이 훨씬 마음 편하다고 얘기한다. 내가 조금만 더 참고, 조금만 더 이해하면 된다고 엄마는 얘기한다. 사람을 귀하게 여길 줄 알고, 인연을 소중하게 여길 줄 알아야 한다고 오늘도 전화기너머에서 건너져

오고 있다. 음식을 많이 하면서도 결국 집에 두는 음식은 얼마 없이 같이 나눠먹는 것이 더 익숙한 엄마. 그런 엄마를 보면 가끔 헷갈릴 때도 있다. '많다' 와 '적당하다' 를 어떻게 차이를 둬야 하는지.

구원의 길은
왼쪽이나 오른쪽으로 통해 있는 것이 아니다.
그것은 자신의 마음으로 통해 있는 것이다.

– 헤르만 헤세

작가의 방

지난 월요일부터 시간이 날 때마다 읽은 책이 바로 「작가의 방」이었다. 그리고 오늘 드디어 그 책을 다 읽은 것이다. 일부러 시간을 내어서 책을 읽은 것이 얼마만인지 모르겠다. 책을 읽으면서 느껴보는 설렘. 참으로 오랜만에 느껴본 것 같다. 며칠을 굶었던 사람처럼 정신없이 읽었던 것 같다. 마치 마른 목이 물을 집어 삼키듯이.

요즘 들어 바닥을 보았다고 해야 하나, 아니면 막다른 벽에 부딪친 느낌이라고 해야 하나, 하여간 한계성 다다른 것 같은 비슷한 공포가 제법 자주 나를 괴롭혔던 것이 사실이다. 그래서일까. 오랜만에 그런 공포에서 벗어나 홀가분하고 자유로운 느낌이었다. 역시 책을 가까이에 두는 일은 여러 면에서 이로운 것이 분명하다.

공지영 작가는 '책은 내 오락'이라는 표현을 했다. 하고 싶은 일이면서, 동시에 즐거운 일이라고 하였다. 공감하는 부분이다. 오락의 경지까지 오르지는 못하겠지만, 책을 읽는 즐거움에 대해선 나 역시 충분히 인식을 같이하고 있다.

그런데 강은교 작가의 '매미와 같은 간절함이 없다' 는 얘기에는 정말이지 한없이 고개가 숙여진다. 부끄러워진다. 뭐랄까, 깊지 않은 장맛이라고 해야 할까. 그 비슷한 맛처럼 나의 글이 딱 그만큼인 것을. 정말이지 간절함보다는 순간의 감정이나 마음으로 써 내려가는 나를 두고 한 말 같아 어디 쥐구멍이라고 있으면 숨고 싶은 기분이었다.

어디 그 뿐일까. 대표 작가들의 서재와 그 안을 가득 채운 책과 전집들. 끈기가 부족해서일까, 전집류의 책을 완독한 경우가 별로 없었던 것 같다. 다시 한 번 엄습해오는 느낌이다. 말 그대로 참을 수 없는 존재의 가벼움으로 말이다. 애써 이제부터 시작이라며 조심스럽게 위로를 하고는 있는데, 힘에 부치는 숙제를 받아든 것 마냥 내내 마음이 불안하기만 하다.

책을 읽으면서 한번쯤 읽어보고 싶다는 느낌이 드는 책을 대 여섯 권 쯤 추려내었다. 감히 추려내었다는 표현이 옳은 것인지도 모르겠다. 마음이 동하여 가까이 두고 싶어졌다고 하면 괜찮을 것 같다.

유독 다른 욕심은 없는데, 책 욕심이 좀 있어서 책 사는 것을 즐기는 편이다. 물론 완독을 하는 경우도 있지만, 몇 장을 읽다가 그대로 끝내버리는 경우도 있다. 또 어떤 경우엔 한참 읽다가 멈춘 것을 몇 년이 지나서 다시 읽곤 하는데, 그래선지 책을 빌리는 경우보다 구입을 하는 것이 더 좋다고 믿는 편이다.

하지만 대작가의 전집이나 문집은 엄두가 나지 않았다. 아니, 어쩌면 완독할 자신이 없어서 이런지도 모르겠다. 막연한 욕심에 구입하여 읽지도 않고 책장에 꽂혀지고 나면, 그들이 밤마다 나를 덮칠 것 같은 불안에 시달릴 것 같아 영 마음이 가질 않았다.

다만, '아주 좋은 책'이라며 「당시 읽기」와 「고백」이라는 책을 주문하기로 했다. 치밀한 내면을 스케치하듯이 표현해 냈다는 것에 대해 많이 궁금해 하면서 말이다. 보통 이런 식인데, 서두름이 또 이렇게 일부터 먼저 만들곤 한다.

내게 있어 책을 다 읽느냐, 않았느냐는 별 의미가 없다. 조금이라도 내가 읽을 것이 있고, 마음이 닿는 것이 있으면 그것으로 충분하다. 아니, 없어도 괜찮다. 없는 것으로도 내가 얻는 것은 있으니. 하지만, 한 달에 몇 백만 원, 일 년에 얼마로 책을 구매한다는 작가들의 얘기에는 사실 별로 할 말이 없었다. 아직 가야 할 길이 많은 느낌이다.

다 읽은 책을 책장에 꽂을 때의 느낌은 참으로 묘하다. 뭐랄까. 상장을 받은 것처럼 자리를 지키는 것 같다가도, 또 어느 때는 과제를 하나 더 받은 느낌이 들기도 한다. 어찌되었든 이런 저런 이유로 책장에 책이 늘어가는 소리가 참 좋다. 뭐랄까. 책이 늘어가는 소리만큼 나의 시선이 머무는 곳의 깊이도 함께 깊어질 것 같다고나 할까.

그런데 요즘은 아이 둘을 키우는 일상에 묻혀버려 그런 느낌을 곧잘 잊어버린다. 마치 오래되고, 아련하게 어느 기억의 저 너머에서 머뭇거리고 있는 것 같이. 그런데, 오늘 그 느낌이 다시 내게로 온 것이다. 달려와 안기는 느낌이 너무 좋다.

논문처럼 시대의 과제를 풀어내고 있는 이문열 작가. 디지털 시대에 걸맞을 이름만큼 반항적이면서도 결코 부정할 수 없는 김영하 작가. 샘물 같은 정제된 물로 수채화를 그리는 것 같은 강은교 작가. 만만하지 않은 경험으로 삶에 왜곡되어 숨겨져 있는 것들을 굳이 꺼내 놓으려는 공지영 작가. 섬진강 강가에서 언제나처럼 기다리고 있는 고향 같은 김용택 작가. 마음속으로 혼자 삭히면서 고개 숙여 올 수밖에 없는 것들을 오히려 드러내놓고 달래주려는 신경숙 작가.

분명 우리 시대의 대표작가임에는 틀림이 없다. 읽어가는 내내 그들은 내게 또 다른 이름과 색깔로 기억되었다. 마치 독특한 자신만의 서재를 꾸미는 것처럼, 그들은 그들의 색깔로 시대를 얘기했고, 사람을 노래했으며, 방식을 제시했다.

　책을 덮은 지금, 두 눈을 감고 떠올려 본다. 나의 서재를. 나의 서재를 가득 채울 시대와 사람과 나만의 방식을. 첫 항해를 떠나는 항해사처럼 설레는 마음이다. 아니, 어쩌면 이미 출발하였는지도 모르겠다.

운수좋은날

갑자기 일이 생겨, 대학병원에 진료를 받게 되었다. 난 생처음 대학병원에, 그것도 지정된 교수님을 찾아가야 하는 일이어서 걱정이 되었다. 지금껏 동네 병원에서 이빨을 때우는 정도의 경험밖에 없어, 대학병원에 간다는 것 자체가 엄청난 일로 여겨졌다. 주위에서는 대학병원을 가면 많이 기다려야 한다는 얘기에서부터, 돈이 너무 비싸다는 얘기며, 굳이 대학병원까지 갈 필요도 없다는 둥 많은 이야기를 들었다.

그렇지만, 개인병원에서 진료를 하니, ○○대학병원의 K 교수님께서 전문이시니까, 꼭 한 번 가보라고 한 것이기에, 이런저런 말을 뒤로하고 병원을 가기로 결정한 것이었다.

예약도 가능하다는 소리에 전화를 했다. K교수님의 진료 시간을 확인하려고 한다고 했더니, 화요일과 목요일 오전 시간이라고 했다. 그러고 보니, 오늘이 목요일이었다. '그래, 빨리 준비해서 가야지' 라며 진료시간을 물어보니 9시부터 가능하다고 하였다.

시간을 보니 9시가 조금 지나고 있어 능장을 부리다가는 병원에 가서 많이 기다려야 될 것 같았다. 그래서 당일 예약이 되냐고 물었더니, 다음 주 화요일로 예약을 잡아주었다.

개인병원에서 진료를 받고, 개운한 느낌이 들지 않아 찜찜한 마음에 다른 일에 신경을 못 쓰고 있었던 터라 다음 주 화요일까지 기다릴 여유가 없었다. 그래서 지금 바로 가면 예약 안 되어 있어도 진료가 가능하냐고 물었더니, 오전까지 하니까 빨리 오라고 하였다. 결국 급하게 고맙다는 인사를 하고는 아침밥 먹은 것을 치우지도 않고, 서둘러 세수만 하고 옷을 갈아입고 집을 나섰다.

그렇게 집을 나왔는데, 조금 걱정이 되었다. ○○대학병원을 이름만 들어봤지, 어디에 있는지를, 얼마나 떨어져 있는지 도통 아는 것이 없었다. 잘 타지도 않는 지하철이며, 바뀐 버스 노선을 떠올려봤지만, 잘못하다가는 어정쩡하게 시간만 보내게 될 것만 같았다. 그래서 택시를 타야겠다고 아파트 입구로 걸어가고 있었는데, 마침 아파트를 돌아나가는 택시가 있었다.

"○○대학병원이요."

'네' 라면서 웃는 얼굴로 대답하는 기사아저씨를 보니, 한

결 마음이 편해졌다. 한참을 갔을까. 아파트를 벗어나 자주 이용하던 버스터미널까지 왔을 때는 어느 정도 감을 잡을 수 있었지만, 그 후부터는 난생처음 와본 길이어서 도저히 감을 잡을 수가 없었다.

점점 불안한 마음에 시계만 쳐다보게 되었고, 한편으로는 미터기에 올라가는 돈이 조금씩 부담스러워지고 있었다. 차라리 밖이나 보고 있자는 마음에 창문을 열어 우리 동네와 다른 가로수들이며, 우중충한 날씨임에도 가벼운 원피스 하늘거리게 하는 멋쟁이들에게 눈을 돌려보았지만, 얼마 가지 못했다.

거기다 잠시 고개를 들어보니, 하늘에서 금방이라도 비가 내릴 것 같았다. 우산을 들고 움직일 생각을 하니, 생각보다 피곤한 하루가 될 것 같다는 생각에 마음만 더 불안해졌다.

병원에 도착을 하니, 칠천구백 원이 나왔다. 제법 액수가 많았다. 그렇지만, 이렇게라도 해서 깔끔하게 진료를 하고, 맘속의 걱정 하나 덜어낼 수 있다면 칠천구백 원의 가치는 충분히 할 거라고 여겨져 아깝지만은 않았다.

대학병원. 정말 넓었다. 어디 새로운 데 간다고 기죽는 법이 별로 없는 편인데, 입구에서부터 많은 사람과 수많은 번호표의 불들이 깜빡이는 기세에 좀 어안이 벙벙해졌다. 어디서부터 출발해야 될지 감을 잡을 수가 없었다.

하는 수 없이 안내를 찾았다. 이런저런 일로 K교수님을 만나러 왔다고 이야기를 했더니, 정겹고 친절한 아저씨가 도움을 주셨다. K교수님이 오늘 진료를 하는 날인지 한 번 더 확인을 해주더니, 신청서 작성까지 도와주셨다. 그리고 번호표도 하나 뽑아 내 손에 쥐어주면서 원무과에 접수를 하라고 했다. 번호는 금방 바뀔 거라며 걱정 안 해도 된다고 편해 보이는 미소까지 보내주셨기에, 조금 전의 불길한 마음이 기우였구나 라는 생각이 들었다. 이래저래 오늘은 운이 좋은 날이지 싶었다.

172번, 내 번호에 불이 들어왔다. 조금은 무뚝뚝해 보이긴 하지만, 성실해 보이는 직원에게 건강보험증, 접수증, 신청서를 같이 제출을 했다. 개인병원의 소견서와 함께. 직원은 오늘 '처음 오셨네요' 하면서 친절하게 업무를 시작했다. 그러다가 신청 교수님란에 K교수님이라고 적혀 있자, 신청교수님 이름은 누가 적었는지 물어왔다. 개인병원에서 진료를 했는데 K교수님께 확인진료를 한 번 더 받으라고 해서 그렇게 적었다고 했더니 직원은 무엇을 한참 들여다보고 있었다. 그러더니,

"K교수님. 지금 외국 출장 중이신데요."

"네?"

"교수님 출장 중이어서, 오늘은 진료가 되지 않을 텐데요.

한번 확인해보고 오시지 그러셨어요?"

"아닌데요, 제가 전화로 확인을 했거든요."

"잠깐만요."

여직원은 어딘가로 급히 전화를 거는 것 같았다.

보아하니, 내가 신청한 진료과의 접수 쪽인 것 같았다. 이런저런 얘기를 주고받더니,

"전화 몇 번으로 하셨는데요?"

"2500번이요."

라고 대답했다.

"그럼, 맞는데."

그러면서 또 한참 전화를 주고받는다.

옆에서 가만히 들어보니, 전화번호가 맞는데 누가 그렇게 전화를 받았느냐를 가지고 실랑이하고 있는 것 같았다. 한참 이야기를 나누더니, 내게 전화를 바꿔줬다.

"오늘 교수님 출장 중이라서 레지던트밖에 없다고 이야기 하지 않던가요?"

"아침에 제가 전화를 하니, 오전까지 오면 진료를 받을 수 있다고 해서 지금 택시 타고 급하게 왔는데요."

"그럴 리가 없는데."

정말이지 누구 말대로 머리끝까지 화가 나는 기분이었다. 어쩌다 일이 이렇게 황당하게 되어버렸는지. 택시까지 타고

부랴부랴 달려온 사람에게 고작 한다는 얘기가 '그럴 리가 없는데' 라니.

정말 할 말이 없었다. 짜증도 내고, 화도 내고 싶었다. 병원이 떠나가도록 고래고래 소리 지르고 싶었다. 지금 장난 하냐고. 일을 어떻게 이렇게 처리 하냐고. 안내에서 신청서를 받는 분조차 의사가 출장을 갔는지도 모르고 안내하는 병원이 무슨 대학병원이냐고, 큰 병원은 이렇게 해도 되는 거냐고, 정말이지 그렇게 따져 묻고 싶었다.

하지만 너무 화가 나니까 말도 제대로 나오지 않았다. 그냥 머릿속만 텅 비워진 것처럼 한숨밖에 나오지 않았다. 거기다 '미안하다' 는 식의 얘기는 고사하고라도 '좀 똑바로 알아보지, 제대로 알아보지 않았느냐?' 라며 쳐다보고 있는 원무과 직원의 얼굴을 보니 할 말을 잃어버렸다. 어이없고, 억울했다. 어디 하소연할 데도 없고. '아까 그 불안함이 이래서였던 거구나!' 싶었다.

어쩔 수 없이, 다음 주 화요일 예약을 해놓고 병원을 나서면서도 억울함이 사라지지 않았다. 억울함 이전에, 한 번 더 확인해볼 것을, 재차 한 번 더 물어보고, 전화 받은 간호사의 이름이라도 물어두었더라면 좋았을 것을.

스스로 잘못을 찾아보려 애를 써보았지만, 암만 생각해도 너무 억울했다. 밖에 나와 병원의 순환버스를 기다리면서 남편에게 전화를 했다. 아무리 생각해도 누군가에게 주절주절, 투덜투덜, 이렇고 저렇고 이야기라도 하고 나야 조금이라도 풀릴 것 같았다. 한참 얘기를 듣던 남편은 참고 넘어가자고 했다. 화가 많이 나겠지만, 그래도 어떻게 하겠냐며. '우리가 한 번만 이해하고 넘어가자!' 라고.

　남편과 전화를 끊고 순환버스에 올라타니, 문득 이런 생각이 들었다. '오늘 진짜 운 없는 날이었구나.' 운, 그래 '운' 이라고 하니, 예전에 읽었던 단편소설 「운수 좋은 날」이 생각이 났다. '운수 좋은 날' 인 줄 알았더니, 억세게 운수 없었던 날.

　그러면서 한편으로 이런 생각도 해보았다. 오늘 억세게 운수 없는 날이지만, 혹시 나중에 보면 아주 억세게 운수 좋은 날이 되지는 않을까. 아니 지금 당장 억세게 운수 좋은 날이 아니더라도 오늘의 일이 훗날 운수 좋았던 날로 기억되는 일이 생기지 않을까. 그런 막연한 생각까지 해 보았다. 정말 막연하게. 어쩌면 이것은 원무과 직원이나, 대학병원 안내하시는 분들 모두에게 따져서 일을 어떻게 이렇게 진행하느냐고 억울함을 이야기하고, 화를 낼 주제도 못 되어 이렇게 적당한 변명과 핑계를 대면서 넘어가고 싶어 이러는지도 모르겠다. 그것도 아니라면 그렇게 화를 내어봤자, 출장 간 K교수가 당장 오지도 못할 것이고, 달라질 것은 하나도

없으니 괜한 힘 낭비만 할 것 같다는 생각이 들어서 이러는
지도 모르겠다. 하지만 아무리 이렇게 저렇게 좋은 생각을
해 보아도, 오늘 정말 '억세게 운 없는 날'이었다는 느낌이
지워지지 않는다.

바다를 본 사람은 물에 대해 이야기하기를 어려워하고
성인의 문하에서 노닐던 사람은 말을 함부로 하지 않는다.

– 맹자

길들여진 비둘기

며칠째 계속해서 비가 내리더니, 오늘은 잠깐 하늘이 파란 속내를 내비치는 것이 보여, 유모차를 끌고 공원을 다녀왔다. 공원에 가기 전, 아이가 먹을 치즈, 물, 간식 몇 가지를 준비하면서 비둘기를 세상의 전부라 여기는 아이의 모습이 떠올라 잠깐의 외출준비에 오히려 나의 기분이 더 좋아졌다.

준비를 마치고 나서 집을 나서려는 순간, 공원에서 사람들의 모이를 기다리고 있는 비둘기들이 떠올랐다. 어느새 사람에게 길들여진, 날지 못하는 것이 아니라 날지 않는 그들이 떠올랐다.

그나마 사람이 자주 나올 때는 아이의 간식 덕분에 조금 얻어먹었겠지만, 한동안 비가 내려 계속 사람들이 나오지 않아 먹을 것이 없었을 거라는 생각이 들었다. 그런 생각이 들자 집에 있는 뻥튀기가 생각났다. 그렇잖아도 지난번에 뻥튀기를 가지고 간 적이 있었는데, 너무 커서 그런지 먹지도 못하고, 오히려 공원만 어지럽혀 일하시는 분들을 더 어렵게 해드렸다. 그래서 이번에는 집에서 잘게 부셔서 가기로 했다.

그런데 막상 뻥튀기를 가져가자니, 순간 두려운 마음이 생겼다. 지난번에 뻥튀기 몇 조각을 던졌을 뿐인데, 어디서 그렇게 많은 비둘기가 숨어있었는지, 갑자기 한꺼번에 몰려들어 얼마나 많이 놀랐던지. 이번에 또 그렇게 많이 몰려들면 어쩌나 싶은 생각에 가져가야 하나, 말아야 하나 갈등이 되었다.

솔직히 밝히지만 사실 강아지한테 물린 기억도, 개한테 쫓긴 기억도 없는데도 나는 강아지를 무서워하고, 개도 무서워한다. 어디 그뿐일까. 병아리도 만지지 못하니. 이런 날 두고 병아리가 더 무서워하겠다고 우스갯소리를 하기도 하지만, 그래도 나는 병아리가 무섭다. 따라오기라도 하면 달리기를 해서라도 도망을 갈 정도로.

하여간 그런 나로서는 한꺼번에 몰려드는 비둘기들이 만만하게 보이지 않았다. 아니, 솔직히 무서웠다. 가져가지 말까, 가져갈까 여러 번 생각이 반복되다가 결국 '그래, 비둘기가 너무 많으면 주지 말고, 적으면 조금만 던져줘야지'라고 단순하게 결론을 내리니 한결 편해졌다.

부랴부랴 뻥튀기를 챙겨 공원으로 들어가면서, 비둘기들의 동태를 살폈다. 대략 한 열 마리 정도가 보였다. 나무 정자와 그 아래, 그리고 조금 떨어져 앉아있는 녀석들까지 많이 잡아도 열 마리 정도였다. '좀 많은데' 싶다가도 '이 정도는 보통이잖아' 라고 마음을 다잡았지만, 여전히 불안한 마음이 가시질 않았다.

일단 아이를 조금 떨어진 나무 밑에 데려다 놓고, 뻥튀기 봉지를 풀기 시작했다. 날씨가 서늘하고 배가 고파 더 그런 것인지 목을 잔뜩 몸에 붙이고, 어떤 소리라도 잡아내겠다고 단단히 각오한 비둘기들의 모습에 봉지를 푸는 손이 얼마나 조심스러웠는지 모르겠다. 꼭 내가 봉지를 풀고 있다는 것을 눈치라고 채고 있는 것 같았다.

어렵게 봉지를 풀어 뻥튀기를 꺼내 좀 걸어가 멀찌감치 떨어진 곳에 던져주었다.

바로 그때였다. 불안한 나의 예상은 제대로 적중했다. 먹이를 포착한 그들이 달려들기 시작했는데, 잔뜩 움츠렸던 독수리나 매가 먹이를 낚아채기라도 하는 듯이 얼마나 빠르게 달려들던지. 지붕 위에 있지도 않았고 그 어디에도 보이지도 않았는데, 어디서 왔는지 수많은 비둘기들이 한꺼번에 모여들었다. 적게 잡아도 서른을 훌쩍 넘기는 수였다.

안되겠다 싶어 얼른 아이 곁으로 돌아왔다. 너무 많은 비둘기들의 숫자에 지레 겁을 먹어 더 이상 봉지를 열어 모이를 줄 엄두가 나질 않았다. 그때, 조금 전부터 나무 옆에 서 계시던 아주머니께서 곧 비가 올 것 같다는 얘기를 하셨다. 그래서 유모차 비닐커버를 씌워야겠다는 생각에 '부스럭' 소리를 내었더니, 아뿔싸, 이럴 수가! 또 다시 비둘기 전사들이 모여들었다. 바로 유모차 정면으로. 비닐 소리를 들었던 것이다. 이미 훈련되어지고, 길들어진 모습이었다. 자신들의 먹이가 나온다는 신호에 대한 즉각적인 행동이었다.

순간 소름이 끼치도록 무서웠다. 옆에 계신 아주머니께서 놀라 비둘기들을 쫓아내려 했지만, 소용이 없었다. 그 녀석들은 도망가지 않고 오히려 더 다가오는 것이 도저히 무서워 얼른 집으로 돌아올 수밖에 없었다.

집에 돌아와 젖은 유모차 커버를 널면서 길들여짐에 대한 짧은 생각을 해보았다. 그들은 더 이상 예전 학교 다닐 때 외웠던 성북동 비둘기도 아니고, 평화의 상징이라던 비둘기도 아니었다. 먹이사슬이 파괴됨에 따른 최상위 동물로써 무수한 번식을 통해 어디서나 쉽게 볼 수 있는 동물일 뿐이었다. 사람들에게 의존해서 살아가는 방식이 훨씬 편하다고 믿고 있는. 어쩌면 그들의 어미는 스스로 먹이를 찾기보다는 사람들이 던져주는 모이를 향해 달려드는 방법을 자랑스럽게 보여주고 있을지도 모를 일이다.

생각이 이쯤에 다다르자, 순간 '별반 다르지도 않겠구나!' 라는 생각이 들었다. 어렵지 않고 쉬운 길을 찾아가려는 모습은 사실 많이 낯설지 않다. 사실 방법이 없다면 모를까, 있다면 굳이 어려운 길을 택하는 일은 어리석음으로 이해되기 쉽다. 그러니 어디 비둘기만 탓할 수 있을까. 어찌 한 가지 모습만으로 그들을 평가할 수 있을까.

금강경
─ 심상사성(心想事成)

「금강경」이라는 책이 궁금해서 읽은 것은 아니었다. 단순한 생각으로 앞장에 나와 있던 문구가 마음에 와 닿았다. 하지만 신문 귀퉁이에 「성공학으로 읽는 금강경」이라는, 다소 불교와는 어울려 보이지 않는, '성공'이라는 개념과 함께 곁들여진 경전이라는 것이 처음엔 영 어색했다. 왠지 '성공'이라는 사회적인 개념과 '성불'이라는 도의 완성과는 어울리는 모양이 아니었다.

하지만 이런저런 것을 떠나서 '마음먹은 대로 일이 이루어진다'라는 글이 이미 내 마음을 차지하고 있었던 터라 '그래, 어디 한번 읽어나 보자! 재미없으면 관두자!'는 생각에 읽어 내려갔다.

이미 불교라는 것에 대해, 경전이라는 것에 대해 부담스럽지 않은 자연스러운 느낌을 가지고 있었기에 '아는 부분만 이해하면서 넘어가야지!'라며 쉽게 읽었다. 현재 삼성중

권 Fn Honors 종로타워지점장이라는 저자의 이력은 사실 매력적이었다.

기존의 불교경전의 어려움이 아닌, 현실적인 얘기로 연결 지어진 경전은 페이지를 넘길수록 제법 새롭고 즐거웠다. 그리고 재미있었다. 끝마무리에서 저자는 이렇게 얘기했다. 자신이 득도를 해서 고객들을 부자로 만들어 주는 것이 소원이라고 하였다. 자신에 대한 참회에서 출발하여 자신의 고객, 나아가 고객이 될 다른 많은 사람들을 부자로 만들어 주고 싶다고 했다. 자신에게서 출발하지만, 그 끝은 세상을 향하고 있었다.

스스로를 돌아보는 것은 무슨 일에 있어서든 가장 기본인 것 같다. 이 책 역시 다른 여느 불교관련서적처럼 자신이 아닌, '다른 사람들을 위하는 삶을 살아라' 라고 말한다. 하지만 그 이전에 자신을 먼저 되돌아보는 일을 게을러서는 해서는 안 된다고 했다. 자신을 되돌아본다는 것은 스스로의 행복만을 추구하기 위함은 아니다. 다만 그것이 더 크게 마음을 쓰고, 더 넓게 바라보는 근본이라 하였다. 그것을 토대로 모두가 함께 행복해질 수 있는 노력을 하라고 저자는 충고하고 있었다.

책을 덮으면서 그런 느낌이 들었다. 아마 앞으로 몇 번은 다시 보게 될 것 같구나. 경전으로써 그 이해를 완전하게 하는 위함도 있겠지만, 얽혀져 삶의 고리들 속에서 헤매고 있을 때 소중한 등불처럼 하나씩 들춰보며 이해하고 또 위안을 삼을 수 있겠구나 싶었다.

또한 그러면서 앞으로 더 많은 불교서적을 읽어보고 싶어졌다. 불교라는 종교적인 교리를 떠나 지극히 현실적인 관점으로 불교를 재해석하고 싶어졌다고나 할까. 조금씩 벗겨지는 삶의 허물을 그 안에서 내 스스로 하나씩 관찰하며 확인하고 싶어졌다. 사람에 대해, 인생과 삶에 대해 진지하게 물어보고 답을 구해보고 또 물어보고 싶어졌다. 우리가 어디에서 왔는지, 어디를 향하고 있는지, 어떻게 살아야 하는 것인지 수많은 질문을 해보고 싶어졌다. 그러면서 내게 물어보고 싶다. '나는 지금 제대로 나아가고 있는가?' 라고.

생(生)과 사(死)를 물을 것 없이

*개*인적으로 나는 종교가 삶에 필요하다고 여기는 사람 중의 하나다. 어느 종교든지 무방하다. 한 번이라도 마음이 허락한 적이 있다면, 그것을 자신의 종교라 믿고, 의지하는 마음으로 살아보라고 권해보고 싶다. 이렇게 표현하고 보니, 조금은 무책임한 표현 같아 보이기도 한다.

의지하고 살아라. 솔직히 의도적이지 못하고, 수동적이고 약해 보인다. 그런데, 살면 살수록 더욱 그런 느낌이다. 내가 의도하지 않았던 일들이 생겼고, 그런 상황들은 나의 의지와 상관없이 흘러갔고, 중간에서 나라는 존재는 한없이 약해지는 일들의 반복이었다.

그동안 살아온 날들보다 앞으로의 날들이 너무도 궁금해야 할 것인데, 궁금함만큼이나 불안함도 커지는 요즘이다. 아니, 사실은 세상이 그렇게 나를 길들이고 있는 것 같다. 조금씩. 조금씩. 자신을 믿는다며 당당하게 소리치지 못하는 스스로가 답답하게 느껴지다가도 애잔하고 안타까워지는 마음이다. 돌봐주고 싶은 마음이다. 그런 마음 때문일까, 나의 발걸음이 그리로 향하는 이유가.

어릴 적 엄마는 어린 나를 데리고 절에 참 많이 다니셨다. 그러다 보니, 사월 초파일 부처님 오신 날이면 당연히 절에 가서 절밥을 먹는 것으로 일과를 시작했고, 나머지 일정은 그 이후로 미루어졌다. 절에 가면 부처나 관세음보살 앞에서 허리 굽혀 질을 하거나 기도하는 모습을 쉽게 볼 수 있다.

보통 나이 지긋하신 분들은 기도를 하는 편이고 조금이라도 체력이 허락되는 사람들은 열심히 절을 한다. 절을 하고, 기도를 한다는 것은 경배의 의미이다. 공손하게 받들고자 하는 마음이다.

하지만 그런 마음에 앞서 이루어져야 하는 것이 바로 '낮춤'이다. 스스로를 낮추는 것이 바로 경배의 시작이다. 가끔 낮춤이 어색해서일까. 법당 안에 들어서서도 여전히 꼿꼿한 허리 세우며 눈을 돌려 살피는 사람들도 있다. 하지만, 그것을 어찌 탓할까. 익숙하지 않은 것을. 이미 익숙한 사람과 달리, 이해되지 않고 힘든 일인 것을. 하여간 그런 사람들을 뒤로하고 법당 안에 자리를 잡고 앉으면 얼마나 마음이 편해지는지 모르겠다. 평온해지고, 고요해지는 마음이 꼭 다른 세상에 와 있는 것 같은 느낌이다.

엄마와 같이 어릴 때 빌었던 소원이 무엇이었는지 정확하게 기억이 나지 않지만, '건강이 제일'이라던 엄마의 얘기처럼 엄마와 함께 가족의 건강을 기원했던 것 같다. 입시나 취직과 같은 현실적인 문제에 부딪쳤을 때는, 현실적인 소원을 빌기도 했던 것 같다. 가끔 운이 없었다며 위로하는 소리를 듣기도 했지만, 어쨌건 그리 성공적인 소원성취는 이루지 못했던 것 같다.

그래서 일까. 그로부터 한동안 절을 찾지 않았던 것 같다. 아마 책임지지 못한 결과에 대한 원망스러움이 가장 컸었던 것 같다. 그 후로도 제법 자유로운 시간이 늘었지만, 별로 내키지 않았었다. 그때는 그랬던 것 같다. 마치 법당에 앉아서 기도를 하거나 절을 하면서 소원성취를 희망하는 일이 자신의 힘으로 해결하지 않으려는 나약함으로 보여졌다고 할까. 아니, 의미 없는 일을 왜 하는지 모르겠다는 생각도 제법 했었지 싶다. 믿을 것은 어디에도 없는 것을, 왜 부질없이 그렇게 있느냐고 오히려 물어보고 싶은 마음이었던 것 같다.

그러다가 이십 대 중반을 넘으면서 다시 절을 찾게 되었다. 불현듯 법당 안을 가득 채웠던 목탁소리가 그리워졌고, 따뜻하고 은은한 향냄새가 맡고 싶어지면서 고요하고 평온해지는 마음을 느끼고 싶어졌다. 그래서 일주문을 다시 넘기 시작했다. 여전했다. 모든 것이. 그 자리 그대로였었다.

그래, 그리웠었다. 이런 평온함이, 이런 고요함이 너무도 그리웠다라고 소리치고 싶었다. 시작이 어려워서 그랬지, 그렇게 다시 드나든 길은 지금도 여전히 이어지고 있음이다.

애기를 하다 보니, 본의 아니게 세상에 제일 좋은 종교가 불교이니, '불교를 믿으세요' 라고 하는 것 같다. 하지만 정말 내가 말하고 싶은 것은 따로 있다. 어느 종교라도 좋다. 얼마만큼이어도 좋다. 마음을 잠시라도 내어줄 수 있으면 된다. 출발이 다르고 과정이 다를 뿐, 같은 방향으로 나아가고 있다. 사람으로 향해있고, 삶에 향해 있다. 그러니, 살아가는 동안 한번쯤은 종교를 가져보길 바란다. 마음을 편안케 하는 방법 중에 이만한 것이 또 있을까 싶다.

법정스님은 생사(生死)관에 대해 이런 말씀을 하셨다. 생과 사를 물을 것 없이 그때그때의 자기 삶에 최선을 다하는 것이 불교의 생사관이다. 옳은 말씀이다. 문득 이런 생각이 든다. 앞으로 살아가는 동안, 과연 내가 선택할 수 있고, 포기해야 하는 것들이 무엇일까. 그리고 무엇이 최선의 선택일까. 궁금해진다.

하지만 이미 원하든, 원하지 않든 수많은 일들이 나를 기다리고 있을 것이며, 나의 선택을 궁금해 할 것이다. 이에 나는 이렇게 말하고 싶어진다. 시냇물들이 모여 강을 이뤄 바다로 나아가듯이, 나 역시 그렇게 나아갈 것이라고.

오늘 같은 하루를 모아 내일을 만들어 낼 것이며, 그런 내일은 분명 오늘보다는 나을 것이니, 기대를 한 번 해보시라고. 되든지 되지 않든지, 내가 있는 그 자리에서 최선을 다해 나아갈 생각이니 한번 지켜봐 달라고 그렇게 전하고 싶다.

나 하늘로 돌아가리라.
새벽빛 와 닿으면 스러지는 이슬 더불어 손에 손을 잡고,
나 하늘로 돌아가리라.
노을빛 함께 단 둘이서 기슭에서 놀다가 구름 손짓하면은
나 하늘로 돌아가리라.
아름다운 이 세상 소풍 끝내는 날,
가서, 아름다웠더라고 말하리라.

– 천상병

나의 필명, 윤슬

　*간*혹 작가들의 필명을 접할 때가 있는데, 황석영 작가의 본명이 황수영이라고 했을 때 사실 신기했다. 나와 이름이 같다는 것이 괜히 좋았다. 뭐랄까. 감히 꿈도 꿀 수 없겠지만, 마치 막연한 꿈처럼 희망적으로 느껴졌다.

　그런데, '이상'의 본명이 김해경이라는 것에는 적잖이 놀랐다. 연결되어지는 느낌이 없었다. 아니, 연결은 고사하고 완전히 다른 느낌이었다. 이름만 그러할까. '이상'을 직역하면 오얏나무로 만든 상자라는데, 그조차도 어울리지 않았다.

　하긴, 생각해보니 예전에 학교 다닐 때 선생님이 이상한 글을 쓴다고 해서 '이상'이라고 흘리듯이 얘기를 한 것 같기도 하다. 하여간 다들 어떤 이유로 필명을 지니게 되었겠지만, 그것은 마치 작가를 대신하는 것 같기도 했고 작가가 나아가고자 하는 길에 대한 이정표처럼 느껴졌다.

　지난 어느 날, 협회가입을 하면서 나와 동명인이 있다는 연락을 받았다. 그러면서 내게 '필명'을 정해달라고 했다. 필명이라. 한번이라도 생각해 본 적이 없었던 터라 제법 고민이 되었다. 이것 역시 이름과 마찬가지여서 '한번 짓고 나면 다시 개명한다는 것이 쉽지 않을 것인데'라는 생각에 어떤 이름이 좋을까 한참 고민했었다.

인터넷으로 검색해 보기도 하고, 국어사전을 펼쳐놓고 책을 읽듯이 찾아보기도 했다. 마치 할아버지가 새로 태어난 손자의 앞길을 기대하면서, 그에 어울리는 이름을 지어주기 위해 고민을 했던 것처럼 좋은 뜻과 의미를 담고 싶었다. 지금과 함께 미래도 살아있다면 더욱 좋겠다는 생각을 했었다. 또한 그 안에 사람이 살 수 있고, 삶이 존재한다면 너무도 고마울 것 같았다. 욕심이 많아서일까. 바라는 것도 많고 생각도 많아서일까. 며칠이 지나도록 결정을 못했었다.

한 일 주일쯤 지났을까. 며칠째 인터넷을 검색하다가 우연히 발견한 이름이 바로 '윤슬'이었다. 윤슬. '햇빛이나 달빛에 비치어 반짝이는 잔물결'이라는 의미의 순 우리말이었다. 발음이 어렵다는 문제가 조금 있긴 했지만, 그 의미가 너무 마음에 와 닿았다. 햇빛이나 달빛에 비치어 반짝이는 잔물결이라. 그것은 내가 사는 세상이었다. 내가 살아 숨 쉬는 공간이었다. 또한 내가 표현하고 싶은 삶이기도 했다.

굳이 화려한 네온 조명이나 드높은 위치에서 펄럭이는 깃

발이지 않아도 좋았다. 멋스럽고 진취적이지 않아도 좋았다. 지극히 평범하고 조금은 일상적인 느낌이 오히려 더 좋았다. 마치 해가 뜨고 달이 뜨는 일상 속에서 반짝이는 잔물결처럼, 내가 가고 싶은 길이 그곳에 있었다.

사소하고 잔잔하지만, 그런 삶을 반짝이게 하고 싶은 나의 소망을 담은 듯 했다. 문득 황동규의 「즐거운 편지」가 생각난다. 예전에 어느 영화에서도 소개가 된 적이 있는데, 잠시 소개하자면 이렇다.

> 내 그대를 생각함은
> 항상 그대가 앉아 있는 배경에서
> 해가 지고 바람이 부는 일처럼 사소한 일일 것이나
> 언젠가 그대가 한없이 괴로움 속을 헤맬 때에
> 오랫동안 전해 오던 그 사소함으로 그대를 불러 보리라.
> (후략)

처음 이 글을 접했을 때의 느낌은 지금도 잊히지 않는다. 짜릿했고, 고마웠고, 따스했다. 뭐랄까. 마치 앞으로 살아가야 할 나의 모습 같았다. 그런데, 이번 '윤슬'이라는 필명 역시 그런 느낌이었다. 앞으로 내가 그려내고 싶은 모습이었으며, 또한 내가 살아갈 모습이었다. 나의 글이 그렇게 살아갈 수 있다면 얼마나 좋을까. 오랫동안 전해오던 그 사소함으로, 삶을 반짝이게 할 수 있다면 얼마나 좋을까.

가족, 친구, 혹은 연인, 직장 상사 등 세상과 엮어져 있는 사람들 속에서 해가 뜨고 지는 사소한 얘기를 건네 보고 싶다. 그 틈바구니 사이로 그들 안에 잠자고 있는 마음을 반짝이게 해주고 싶다. 잊고 있었다면 다시 기억나게 해주고 싶고, 생각해보지 않았던 것이라면 다시 한 번 생각해보는 계기를 만들어 주고 싶다.

비록 이런 나의 사소한 얘기가 역사에 길이 남아 후대에 가서 자랑스럽게 한 페이지를 얻어내지 못해도 좋다. 그저 동시대를 살았던 이 중에 어느 한 명의 마음이라도 두드릴 수 있으면 그것으로 충분할 것 같다. '그래, 그렇지!' 라며 마음의 동지로 남아주고 싶다. 그런 내 마음을 꼭 닮은 이름이 바로 '윤슬' 이었다.

많이 늦다

결혼을 하고 나서 이런 얘기를 제법 많은 들었던 것 같다.

"많이 늦다."

나이 서른에 결혼이라는 것을 했고, 서른하나에 애를 낳았고, 아이를 하나 더 낳아 키울 계획이라면 많은 늦은 편이라며 걱정 가득한 마음으로 건네 오는 얘기를 들을 때면, 나는 우스갯소리로 아직 결혼도 하지 않은 친구들이 더 많다면서 웃어 넘겼다.

사실 웃고 넘길 수밖에 없는 것이 가까운 친구 중에 아직 결혼하지 않은 친구들이 제법 많을뿐더러, 그 중에 아이가 하나인 경우가 대부분이었다. 그러니 '많이 늦다' 라는 표현은 그냥 노파심으로 전하는 얘기처럼 별로 심각한 느낌이 들지 않았다. 물론 지금도 그 생각은 별로 달라지지 않았지만 말이다.

하지만 가끔 스물 중반에 결혼을 해 지금 서른 중반이 된 지금 학부형이 된 사람들도 더러 있는데, 그럴 때는 '내가 늦은 편인가?' 라는 생각이 들기도 했다. 하지만 그러다가도 나의 이십 대를 떠올려보고, 다시 지금을 바라보면 '왜 좀 더 일찍 하지 않았을까?' 라는 생각은 들지 않는다. 그 시절엔 그 시절대로 충분했었던 것 같고, 지금은 지금대로 충분하기 때문이다.

결혼한 친구들이 모이면 자주 등장하는 얘기 중의 하나가 '언제 다 키우지?' 라는 것이다. 앞날에 대한 걱정 반, 기대 반으로 입버릇처럼 아이 자랑을 늘어놓기도 하고, 어려움을 토로하기도 한다. 그러다 주위에 학부형이 된 친구라도 있으면 부러움 가득한 시선은 모두 그 쪽으로 향했고, 친구 역시 그것을 즐기는 듯 보였다.

하지만 그 친구 역시 할 말은 있었다. 예전보다 여유가 생기고, 자유로운 시간이 늘어난 것은 분명하지만, 무엇을 배우거나 시작하는 일에 머뭇거려진다고 했다. 가끔 한 번씩 드는 생각이긴 하지만, 젊을 때 경험하지 못했던 것들에 대한 미련이나 안타까움도 생긴다고 했다.

정말이지, 지금의 놓여 있는 상황과 겪어온 삶의 과정이라는 것이 얼마나 다른 결과를 가져오는지 모르겠다. 그러니 어느 것을 우위에 있고, 아래에 둘 이유가 없는 것 같다. 다만, 그만큼, 그 양만큼 인정해주고 받아들여주는 마음이 더 필요한 것 같다. 누구에게든, 무엇에게든.

나의 이십 대. 분명 어떤 식으로는 잃은 것도 있고, 얻은 것도 있었던 것 같다. 혼자 해 볼 수 있는 것들을 자유롭게 즐겼으며, 해 보고 싶은 것은 겁 없이 덤벼 보았다. 이젠 예전처럼 자유롭지도, 겁 없이 덤벼볼 자신도 없어졌다. 아니, 오히려 더 움츠려 들게 되었고, 주저하는 일이 늘어난 것이 사실이다. 더 조심스러워진 것도 사실이다.

하지만 어디 잃기만 했을까. 나름 얻은 것도 있다. 보이지도 않았던 곳으로 나의 시선이 머물기도 하고, 마음을 내어 주는 일이 늘어나고 있다. 또한 마음이 허락하는 범위가 넓어지고 그 폭 또한 깊어지는 느낌이다. 익어간다고 해야 할까. 그렇게 세월을 인정하고, 수긍하는 자세도 함께 익어가는 느낌이다.

삼십 대면 삼십 킬로, 사십 대면 사십 킬로, 오십 대는 오십 킬로로 달린다는 얘기를 들은 적이 있다. 그러고 보니, 십 대일 때 참 천천히 간다는 생각을 했던 것 같다. 어서 빨리 지났으면 하는 생각이 온통 머리를 채웠던 것 같다.

이십 대에는 빠르게 간다는 생각을 하기도 전에 마음이 너무 바빴다. 욕심 같은 열정, 열정으로 가득 찬 욕심. 그 사이에서 갈 길 바쁜 마음이 발걸음을 재촉했었다. 정리되고, 채워진다는 느낌보다는 그냥 정신없이 달렸으며, 그것을 최선이라고 믿었던 것 같다.

삼십 대, 그리고 그 중반을 넘어선 요즘은 서서히 속도가 붙는다는 느낌이다. 아끼고 싶은 것이 늘어나기 시작했고, 살펴주고 싶은 사람이 늘어나기 시작했다. 하고 싶은 일보다 해주고 싶은 일이 늘어나기 시작했고, 늘리는 일보다 나누는 일에 더 마음이 쓰여진다. 아직 그렇게 급할 이유는 없어 보이는데도, 마음 같지 않은 세상이라 하니, 너무 늦지는 않을까 염려되는 일도 늘어나고 있다.

그렇지만, 애써 진정해볼까 한다. '그렇게 늦지 않았다'라며 숨을 크게 들이켜 보고 싶다. 좀 늦었을지 모르겠지만, 너무 늦지만 않으면 된다는 방식에 익숙해지고 싶다.

오지랖

$\mathcal{H}$점에 가보면 정말 많은 종류의 책이 있다. 주제가 무엇이든 관련된 책들이 서점에 넘쳐나고 있다. 하루에 200여 권의 책이 출판된다고 하니, 삶에 대해서든, 사랑에 대해서든, 전문서적이든, 그 양이 상당하다.

그 속에서 우리는 하나의 주제라 하더라도 서로 다른 생각을 하는 사람들이 저마다의 이론과 설명, 그리고 해법으로 늘어놓은 책 중에서 거부감이 느껴지지 않은 책을 선택한다.

하지만 책을 읽어가는 동안, 완전하게 내 생각과 사고를 담은 책은 존재하지 않다는 것을 발견한다. 아니. 생각과 사고를 담겨있다고는 하나, 온전하게 받아들일 수 있는 명쾌한 해답을 만나기란 사실 그리 쉬운 일이 아니다. 주어진 상황이 다르고, 바라보는 시선이 달라서일까.

책에서 모범답안을 제시하긴 하지만, 그것이 꼭 정답일 수는 없는 것이었다. 다만, 과정의 하나로써, 앞으로 선택되어질 것과 선택되지 않을 것들 사이에서 얼마나 다른 결과가 기다리고 있는지를 예측해볼 뿐이다.

오지랖이 넓다는 얘기가 있는데 그것은 포용력이 넓다는 의미도 되지만, 가끔 여기저기 참견을 잘한다는 부정적인 의미를 포함하고 있다. 그래서일까. 오지랖이 넓은 나는 누군가가 약간의 고민과 걱정을 털어오면, 여기저기서 얻은 모든 지식을 모두 총동원한다. 명쾌한 답을 줄 수는 없지만, 여기저기서 얻은 것들을 들추어내어 조금이라도 도움 줄 요량으로 혼자 고군분투하는 편이다.

간혹 지금이 전부가 아니라며, 세상의 많은 것들 중의 한 가지라며 조금 가볍게 건네기도 하다가 최악의 상황이 전해지면 아직은 바닥이 아니라며 그 위로 올라선 희망을 억지로라도 찾아주려 애를 쓴다. 하지만 어떻게 생각해 보면 제삼자여서 그렇게 얘기할 수 있었던 건지도 모르겠다. 아니, 정확한 해결책이 아니라 애매모호한 얘기로 오히려 마음만 더 복잡하게 만들었는지도 모르면서 말이다.

참 오지랖이라고 하니 떠오르는 친구가 있다. 결혼을 하고서 알게 된 그 친구는 지금도 나와 같은 아파트에 살고 있다. 어떤 인연인지, 큰아이를 낳고 조리원에서 만났는데, 그 세월이 벌써 5년을 넘어섰다. 그 친구에게 '남편 같은 친구' 라는 표현을 쓴 적이 있는데, 정말이지 딱 어울리는 표현이다. 그런 그 친구는 스스로 오지랖이 넘친다는 사실을 인정할 정도로 오지랖의 범위가 상당히 넓은 편이다. 상관 없는 일에 마음이 먼저 가 있기도 했고, 손대지 않아도 되는 길에 발을 먼저 들여놓기 일쑤이다.

어디 그 뿐일까. 음식을 나눠먹는 일에도 양념 조금 더 하면 되는 일이고, 재료 조금만 더 넣으면 된다며 대수롭 지 않게 여긴다. 부끄러워 내밀지 못하는 손은 먼저 잡아 줘야 마음이 편해지고, 마음이 믿어지면 허락하고 받아들 이는 데에 주저함이 없다. 가끔 과격한 표현을 쓰기는 하 지만, 애교로 봐줄만한 선에 있기 때문에 그리 큰 문제가 되지는 않고 있다.

보통 야구에서 '스트라이크 존'이라는 표현을 쓰는데, 이 친구로 말하자면 조금 넓고, 조금 깊은 오지랖 존이 있는 것 이 분명하다. 아마, 모르긴 몰라도 자리보전하고 눕지 않는 한 오늘도 그 친구는 누군가의 손을 잡고 있거나, 어떤 이의 일상을 챙기고 있지 않을까 생각된다.

며칠 전, 조금 떨어져 지내지만 아무 문제없이 잘 지낸다고 믿고 있었던 친구에게서 전화가 왔다. 벌써 일주일이 넘었다 면서 남편과 크게 다투어 말도 하지 않고 지낸다고 했다. 그 러면서 다른 사람들은 도대체 어떻게 풀어가냐며 걱정스럽게 물어왔다.

걱정 가득한 목소리로 진지하게 물어오는데, 순간 수많은 생각이 스쳐갔다. 그동안 보았던 부부와 관련된 책에서 읽었던 내용들, 짧은 명언들, 주위에서 보았던 많은 사례들. 열심히 떠올려 상황에 맞추어 얘기를 해주었다.

그런데 한참이 지났을까, 문득 그런 생각이 들었다. 지금 내가 '객관적이다'라고 얘기를 하고 있지만, 어쩌면 지극히 개인적이며 주관적인 것이 아닐까. 그렇다고 멈출 수도 없었다. 어떤 식으로든 도움의 손길을 희망하고 있었기에, 이런저런 나름의 방식을 전해주었다. 방식의 선택과 그 결과는 온전히 그들의 몫이므로, 내가 무엇을 택하라고는 할 수 없다는 결론과 함께 말이다.

다만, 다들 그렇게 다르지 않는 환경에서 비슷한 방식으로 살아가고 있으며, 아주 조금씩 저마다 차이를 두고 있는 것뿐이라고 했다. 그리고 시간이 더 지나면서 자연스럽게 해결이 되는 일도 있고, 억지로라도 부딪쳐서 풀어야 되는 일도 있는 것 같다고 했다. 물론 그런 것에 대한 구분은 순전히 부부의 몫이라고 하면서 말이다. 다른 무슨 할 말이 있을까. 그리고 며칠 동안 연락이 없었다.

그러더니, 어제 연락이 왔다. 다행히 남편과 원만하게 잘 해결이 되었다는 내용이었다. 어떻게 해결하였냐는 질문에 대해 친구는 시원스럽게 대답했다. 오히려 생각했던 것보다 쉽게 풀린 것 같다고 했다. 정답이 없다는 얘기에 용기를 얻어 고민을 하고 직접 남편과 부딪쳤다고 했다. 무엇보다 가장 좋은 방법은 자신들이 가지고 있다는 말을 들었을 때, 훨씬 가벼워졌다고 했다.

사실 세상 어디에도 정답이란 없는 것 같다. 나를 위한 '완벽한 정답'이란 더더욱 없다. 아주 조금의 절망과 희망이 뒤섞여있고, 약간의 포기와 선택이 절묘하게 어울려 오로지 나의 선택을 기다리고 있는 것 같다.

결국 좋은 책을 통해서든, 스승을 통해서든, 벗을 통해서든 누구와도 함께 들어갈 수는 있지만, 문을 여는 것은 결국 자신의 손이어야 한다는 얘기인 셈이다. 열어야 하는지, 말아야 하는지조차도 스스로 결정하면서 말이다. 어쩌면 그렇기에 우리의 삶이 조금 아름답고, 조금 안타까워 보이는 것이 아닐까 싶어진다.

은연중에 얘기를 하면서 한편으로는 '나는 문제없다'라며 자랑 아닌 자랑을 한 것은 아닌지 새삼 걱정이 된다. 우리 부부 역시 그럴 때가 있는 것을. 솔직한 심정으로 부끄러운 마음이다. 그리 잘난 것도 없으면서, 도를 넘어서 얘기를 한 것은 아닌지 돌이켜 생각해보니 좀 마음이 쓰이는 부분도 있었다.

하지만, 다른 것들을 떠나 내가 진정 바랐던 것을 떠올려

보았다. 내가 진정 바랐던 것은 친구부부의 원만한 화해였으며, 서로가 이해하고 함께 할 수 있는 기회로 삼았으면 좋겠다는 생각이었다. 그리고 과정이야 어찌되었든, 그 친구는 좋은 선택을 한 것 같고, 원만한 화해를 이끌어 낸 것이다. 그러니, 결과론적으로 나의 바람은 이루어 진 셈이다. 그래, 그것으로 충분했다. 그것으로써 만족을 삼아야겠다는 생각을 했다. 그런데, 전화를 끊으려는 순간, '고맙다, 친구야. 네 덕분에 쉽게 푼 것 같아' 라는 얘기가 들려왔다.

참 고마운 얘기이다. 뭐랄까. 적어도 이런 나의 오지랖이 정말 쓸 곳 하나 없는, 의미가 없는 그런 오지랖은 아니었구나 하는 마음에 내심 위로가 되었다.

"그래, 친구야. 잘됐으면 충분해. 그걸로 됐어!"

어쩌면, 오늘을 계기로 나의 오지랖이 조금 더 넓어질 지도 모르겠다. 그래, 이왕이면 조금 넓고, 조금 깊어진 성숙된 오지랖이 되면 더 좋을 것 같다. 나아가 나의 오지랖이 좋은 뜻과 좋은 의미를 지닐 수 있게 된다면 더욱 좋을 것 같다. 누군가에게든, 무엇에게든 보탬이 되고 더해지는 일에 쓰이길 희망해 본다. 또한 꽉 차는 느낌이 부담스러운 것처럼, 스스로 문을 열 수 있도록 약간의 여유로움도 더불어 챙겨줄 수 있다면, 이 얼마나 아름다운 오지랖이 될까. 그런 성숙되고 아름다운 오지랖을 희망해 본다.

모든 일에 여백을 두고 행동하라.
한 말들이 그릇에는 아홉 되쯤 담고 한 되쯤 여유를 남겨라.
만약 한 말을 가득히 채운다면 쓰러지기 쉽고
자칫하면 그릇이 깨질 수도 있다.
화나는 일이 있어도 그 감정을 다 쏟아 놓으면 안 된다.
비록 옳고 바른말이라도 80퍼센트 정도만 말하고
여운을 남기는 편이 훨씬 효과적이다.

- 홍자성

사람은 무엇으로 사는가

예전에 톨스토이의 「사람은 무엇으로 사는가」를 읽으면서도 진지하게 물어보지를 못했었다. 과연 나는 무엇으로 사는지를. 책을 덮는 순간 사랑이라는 단어를 강요하는 듯한 결론을 머리에 넣으면서도 현실적으로 어울리지 않는 느낌이었다. 아니, 느낌이라기보다는 모자란 무언가가 있다고 느꼈었다.

어쩌면 나는 살아가는 것에 대해 대단한 의미를 부여하고 있는지도 모른다. 그랬기에 보다 크고, 넓은 무언가가 따로 있을 것 같다는 마음을 지울 수가 없었다. 그러다가 얼마 전 다시 그 책을 넘긴 기억이 있다. 법정스님의 무엇으로 사는가에 대한 질문을 대면하는 순간이었던 것 같다. 무엇으로 사는가. 나는 무엇으로 사는가. 갑자기 내게 그런 질문을 하기 시작했다. 예전엔 생각지도 못했던 질문이었다.

아침에 큰아이를 유치원에 데려다 주고 작은아이가 잠자

는 틈을 타서 얼른 설거지를 끝냈다. 그리고 재활용품을 모아서 수거함에 버리고 와서 컴퓨터 앞에 앉는다. 커피 한잔 곁들었음은 물론이다.

커피의 기운이 뇌 구석을 한 번 둘러보더니, 다시 식도를 타고 몸속으로 전해지려는 순간, 아침에 큰아이에게 언성을 높인 일이 길을 가로막고 나섰다. 그럴 일도 아니었는데. '정말 아직 내가 많이 부족하네', '내가 잘못했어' 기어이 인정을 받아내고서야 길이 열린다. 언제나처럼 열리는 길이지만, 부족함을 재차 확인하며 지나는 기분이 그리 기쁜 좋을 리 없다. 이렇게 컴퓨터 자판에 풀어놓는 순간 역시도 그렇다. 숨을 곳 없이 드러나는 마음으로 복잡해지기는 마찬가지이다.

과연 나는 무엇으로 살까. 무엇으로 사는가. 법정스님은 말하고 듣는, 자연 속에서 벗하는 모든 것에게 삶의 힘을 얻고 존재함을 확인한다고 하였다. 그렇다면, 나는? 망설여지는 대목이다. 지금 내가 벗하는 것은 남편과 자식들, 부모 형제, 친구, 나아가서는 많은 이웃이다. 출가를 하지 않은 사람은 모두 나와 같겠지. 나도 그들에게서 삶의 힘을 얻고 존재함을 확인하고 있는 걸까. 정말 그럴까. 그리고 그들도 나와 같을까. 그들에게 내가 삶의 힘이 되어주고 있을까. 내 삶에 그들은 어떤 존재로 남고 있는 걸까. 법정스님처럼 완전한 존재의 확인을 이해하는 데에는 부족한 뭔가가 있는 느낌이다.

그러다 문득 오늘 아침의 작은 마음 하나가 떠오른다. 작은아이 기저귀 상자를 수거함에 버리려고 내려갔다가 다시 들고 올라왔다. 상자가 제법 커서 큰아이가 유치원에서 돌아오면 집 만들기를 한 번 해볼까 싶은 생각에서였다. 몇 번 하려고 했었는데, 마땅한 상자가 없어 그동안 미루었던 일이었다.

좋아하겠지, 많이 좋아하겠지, 창문을 내놓고 아이가 오면 시트지를 붙이고 크레용으로 색칠하자고 하면 얼마나 좋아할까. 아이가 기뻐할 모습에 오히려 내가 더 행복해지는 느낌이었다. 아이의 미소를 떠올리면서. 깡충깡충 뛰면서 좋아할 아이의 모습에 기쁨이 온 집안에 내려앉을 것 같았다.

살아있음이, 아이와 함께하는 오늘이, 따뜻한 햇살이 나의 거실을 온전하게 내려앉아있다는 사실에 고마운 마음이 들었다. 그런 마음이 떠오르는 순간, 이런 생각이 들었다.

아직 완전하지는 않을 것 같다. 앞으로 조금 더 살아가봐야 할 것 같다. 노랫말처럼 '살다 보면' 무엇인가 하나를 느껴도 더 느끼고, 더 알아질 것 같다. 예전에 몰랐던 것을 이제 조금이나마 스스로 느껴내는 것처럼. 무엇으로 사는지에 대한 답도 하나씩 깨달아가야 할 것 같다.

지금으로서는 언젠가 또다시 내게 질문을 해올 때, 지금보다 더 많은 것을 느끼고, 감사하는 마음으로 그 물음을 답할 수 있길 기원해 볼 뿐이다. 어려운 용어를 써가며 복잡하게 삶을 얘기하기보다는 존재하고 있는 모든 것들의 안부를 묻는 사소함으로 익숙하게 얘기를 나눌 수 있게 되길 진심으로 기원해본다.

꼭 이런 날이 있다

자주는 아니지만, 가끔 잘해 보려고 한 일이 오히려 복
잡한 마음을 만들어내는 경우가 있는데, 오늘이 딱 그날이
지 싶다. 보통은 큰아이를 유치원에 데려다 주기 위해 오전
9시 20분쯤 집을 나서는데, 은행 갈 일이 있어 잠시 들렀다
가 가기 위해 8시 50분에 집을 나섰다.

오늘은 큰아이에게 자신의 이름이 쓰인 통장을 들고 은행
창구에서 직접 저금을 하게 해 볼 요량으로 늦지 않게 유치
원에 보내야겠다는 마음과 함께 조금 서둘렀다.

바빠진 마음에서 일까. 엄마의 의도를 몰라서일까. 보통
보다 더 느리게 준비하는 큰아이에게 목소리가 올라간다.
벌써부터 옷을 갈아입은 작은아이가 큰아이의 구두를 신고
이 방 저 방을 다니는 헤집고 다니고 있었다.

추울지 모르니까 긴 체육복을 입으라고 하는데, 굳이 치
마를 고집하는 큰아이에게 설명을 하는 것도 잠시. 안 가려

면 엄마도 안 간다고 엄포를 놓으니 그제야 스타킹에 짧은 체육복을 입는다. 그러면서 '내일은 긴 체육복을 입고 갈게요' 하며 얘기를 하는데, '오늘부터 그렇게 입으면 좋잖아'라며 가뜩이나 가라앉은 목소리에 쇳소리가 뒤섞어 가며 준비를 했다.

자전거를 타겠다는 둘째 아이와 실랑이를 해서 유모차에 태우고 밖에 나오니 조금 찬 기운을 품은 바람이 지나고 있었다. 순간 왜 그렇게 소리를 질렀을까. 왜 그렇게 급하게 했을까. 은행 조금 천천히 가면 되고, 유치원 조금 늦으면 되는데, 마치 뭐가 그리 급해서 아이를 다그쳤냐며 묻기라도 하듯이, 머리를 스쳐 가슴속에 내려앉았다.

스스로의 모자람을 확인하는 것 같은 느낌이 싫어 고개를 흔들며 은행으로 서둘렀다. 20분쯤 지나 은행에 도착했다. 큰아이에게 돈을 모으면 장난감도 살 수 있고, 과자도 살 수 있고, 필요한 것을 살 수 있다는 자잘한 설명도 함께 들여가면서 아이에게 생애 최초로 저금을 직접 하게 했다.

신기하면서도, 아직 의미를 모르는 듯한 얼굴로 저금을 하게 한 후, 다른 일을 시작했다. 생각보다 업무처리가 늦어지면서 시간이 길어졌다. 그 사이 큰아이는 자기 일이 끝났다는 것을 알고는 심심하다며 전표로 그림을 그리고, 광고물을 가져와 비행기를 만들고 야단이 났다.

소파에 올라갔다 내려와서 물을 먹겠다며 노래를 부르고, 그 사이 유모차에 있던 작은아이는 나오겠다며 발버둥을 치며 울어대고, 할 수 없어 내려놓으니 정수기를 보고 물을 달라고 '물, 물' 하고 외쳐대고, 정말이지 정신이 하나도 없었다.

휴지통에 집어넣은 전표는 또 얼마나 되던지, 땅에 떨어진 번호표는 몇 장인지 셀 수도 없었다. 정말이지, 내가 왜 이랬나 싶은 마음에 갑갑해지는 심정이었다. 차라리 혼자 올 것을. 혼자 왔으면 편하게 기다렸다가 차분하게 처리하고 가볍게 집으로 돌아올 수 있었을 텐데. 무슨 마음으로 이렇게 일을 했나 싶은 생각에 '다시는 이러지 말아야지' 라고 다짐에 다짐을 했다. 좋게 시작했던 마음은 이미 어디를 갔는지 이젠 보이지도 않았다.

그렇게 은행에서 시간이 지연되다 보니, 자연스레 유치원이 급해졌다. 적어도 10시까지는 도착해야 되는데, 벌써 45분이었다. 걸어가는데 족히 10분 이상은 예상해야 되는 거리이다. 바쁜 마음에 걸음이 더 바빠졌다.

그런데 은행 문을 나서는 순간, 큰아이가 야쿠르트 아줌마 앞에 서서 움직이질 않았다. 목이 말라서 저러려니 싶어 동생이랑 함께 먹게 두 개를 사라고 했더니, 사과 맛이랑 딸기 맛을 가지고 씨름을 하고 있다. 들었다가 내려놓기를 몇 차례. 빨리 고르라는 목소리에는 또 힘이 들어가고 있었다.

이러다가 유치원에 많이 늦었다는 엄포와 함께.

급하게 큰아이를 유치원에 데려다 주고 돌아와 작은아이에게 우유를 먹이면서 문득 그런 생각이 들었다. 내가 오늘 왜 그랬을까. 말 그대로 왜 사서 고생을 했을까. 처음의 마음은 어딜 갔는지 보이질 않고 은행이며, 곳곳에서 전쟁을 치른 생각만 났다.

아니, 오늘만은 아닌 것 같다. 예전에도 맛보았던 기억이 난다. 뭐랄까. 그냥 정말 오늘 같은 날이 있었다. 무엇인가 좋은 경험이나 기억을 심어주고 싶다거나, 또는 좋은 의도로 시작한 마음과는 달리, 과정은 의도가 의심이 들 정도로 대략 난감할 때가 제법 있었던 것 같다.

결과라고 달랐을까. 스스로의 한계를 확인하고 더욱 복잡해지는 마음이 대부분이었던 것 같다. 마치 오늘처럼. 막막해진다. 좋은 모습을 스스로 만들어내어도 부족한데, 스스로 우물을 파는 것처럼 자꾸 아래로 처지는 느낌이다. 숨어지는 느낌이다.

거실에 퍼져 앉은 눌러 앉은 햇살처럼 곧게 펴지지 않는 마음이 온 방안을 헤짚고 다닌다. 마음을 다스려볼 요량으로 컴퓨터 앞에 앉아보지만, 여전히 쉽지 않은 일이다. 다른 사람들도 나와 같을까. 나처럼 스스로 답답해지는 일을 만들고 그 속에서 혼자 허우적거리고 이럴까. 정말 그럴까.

사랑으로

일주일이 지났다.

죽음이라는 단어 앞에 유난히 약한 내가 '노무현 전 대통령의 서거'라는 소식을 전해들었을 때, 믿을 수가 없었고 믿고 싶지가 않았다. 아니 애써 외면하고 싶어 했다. 뇌물혐의로 검찰을 오고 갔을 때처럼. 하지만 연일 보도되는 상황에서 믿고 싶지 않아도 믿어야 되는, 보고 싶지 않아도 마주해야 하는 엄연한 현실이었다.

그것도 흔히 표현하는 자살이라는 극단적인 방식으로 생을 마감한 현실을 피할 길이 없었다. 적어도 자살하는 사람은 없어야 하지 않겠냐고 했던 그 분이 스스로 그 길을 홀로 걸어 간 것이다. 국민의 한 사람으로써, 지난 시절 노무현 대통령에게 한 표를 던지며 막연하게 세상이 바뀌기를 기대했던 한 사람으로써 오늘 이 순간처럼 부끄럽고 미안했던 적은 없었던 것 같다.

국민장 기간 동안 왜 그렇게 우울했는지 모르겠다. 아니, 우울했다기보다는 여러 가지 감정들이 복합적으로 고개를 내밀어서 종잡을 수가 없었다. 그때의 감정들을 오늘 아침 한번 들쑤셔 볼까 한다.

처음엔 그랬다. 죽음으로 몰고 간 현 시국이 너무 원망스러웠다. 대통령의 안전한 귀향을 보장하지 못하는 국가, 예전에도 그랬으니 당신도 같았으리라는 시선으로 시작되었을 것 같은 뇌물수사, 스스로 서민대통령이 되지 못하는 것 같다는 것에 안타까워했던 사람을 여느 귀족 대통령처럼 치부하려 한 시스템이, 국가가 원망스러웠다. 애처롭고 원통하고 가슴 아픈 일을 접한 사람들의 처음 감정이 다들 이러하지 않을까. 일주일, 울면서 지낸 날들 중의 처음 이삼 일은 이런 감정의 반복이었다.

그러던 감정은 곧 냉정해야 된다, 정확하게 보아야 한다는 이성적인 문제에 부딪쳐야 했다. 공인으로써 자살을 했던 방식에 대해 국민장 기간 동안이라도 그런 문제는 잠시 접어두어야 하지 않겠느냐 반박해보았고, 결국은 주위사람을 살리기 위해서, 현실에서 당당한 평가를 받지 못하고 도망간 것에 대해서는 살아야 할 이유를 잃어버린 사람은 살아도 살아 있는 게 아니지 않겠느냐며 명분을 찾아보기도 했다.

정치에 대해 언제나 적정한 거리를 두고서 살다가 박연차 리스트니, 강금원이니, 포괄적 뇌물이니, 호화주택구입이니 하는 뉴스거리를 인터넷에서 다시 찾고 있는, 뒷북치기에 여념이 없는 스스로에 대한 한심함에는 살기에 급급한 대다수의 국민이 나와 같지 않을까 하며 위로하기 바빴다.

지난 일주일이 정말 내겐 복잡하고, 어렵고, 힘들었다. 네 아버지가 돌아가셔도 그렇겠느냐는 농담을 들을 정도로 내 삶에 반영되고, 투영되어져야 할 것들이 너무 많은 일주일 이었다.

29일 저녁, 늦은 퇴근을 하는 신랑을 붙잡고 소주를 한잔 했다. 아이를 낳은 후에 유난히 싫었던 소주. 그런데 어제는 그 소주 한잔이 하고 싶었다. 씁쓸한 소주를 한잔 들이켜고 싶었다. 부랴부랴 어묵 탕을 끓여 한잔, 한잔 주고받으면서 이젠 보내주어야 하지 않을까라는 생각이 들었다.

아침 봉하 마을부터 저녁 화장, 그리고 자정을 훌쩍 넘겨 정토원 유해 안치의 방송까지 보면서 참 많이 울었다. 근래에 이렇게 목 놓아 울어보았던 적이 없었던 것 같다. 그래서 일까. 유난히 머리가 많이 아픈 아침이다. 평소 즐기는 맥주를 한잔 하자니, 왠지 사치스러운 느낌이 들어 오랜만에 들이킨 소주가 원인이지 싶다.

보수 논객들의 글에 대한 반박을 해가면서 그들에게 자신들의 아버지가 죽은 애도기간에도 살아생전 그 아버지의 잘 잘못을 이야기하고 앉아 있을 거냐면서 어디에도 내뱉지 못했던 말도 하고 싶어진다. 도덕성이라는 칼끝이 정치를 하는 사람에게 어느 정도의 위치에 있는 가치이어야 하는 것이냐에 대해, 지난 정부 조금 더 뻔뻔하고 당당한 모습으로 여전히 높은 위치에서 살고 있는 이들과의 저울질도 해보고 싶어진다.

그러나, 한편으로는 '이것 또한 지나가리라' 라고 했던가. 자신의 소신이, 도덕성이, 삶이 완전히 무너졌다고 하였더라도, 그래도 그 앞에 마주하는 모습을 보여 주는 게 더 옳았지 않겠느냐고 가서 물어보고 싶기도 하다.

동 시대를 살아가는 사람으로서 무너진 것이 없는 사람, 몰라주는 마음 앞에 속을 뒤집어 보여주고 싶은 사람, 도망쳐 숨고 싶은 일이 없었던 사람, 털어서 먼지 안 난다고 자부할 수 있는 사람이 과연 몇 명이나 있을까.

그런 많은 사람들처럼 살아내고, 아니 살아내서 잘못된 것이 재평가 되는 날을 기다릴 수는 없었던 걸까. 어린 시절 여탕에서 만난 남자 동무가 부끄러워 어머니 치마폭 뒤로 숨기보다는 오히려 당당하게 아는 척 하는 모습에 오히려 내가 더 부끄러워져 버렸던 기억을 떠올리면서 그런 생각도 잠시 해 보았다.

그렇지만, 이렇게 따져 묻는 것이 남겨진 숙제는 아니라는 생각이 들었다. 살아남은 자의 슬픔이라는 말처럼. 그러다 나의 방식으로 숙제를 해야겠다는 생각이 들기 시작했다. 서서히 정리되지 않았던 감정들과 생각들의 종지부를 찍고 싶어졌다. 나는 무엇을 해야 할지에 대한 고민이 서서히 고개를 내밀기 시작했다.

내게 그 분은 정치를 하는 사람에게 연민을 느끼게 한 유일한 사람이었다. 그 옛날 탄핵사건이 생겼을 때, 정치에 대한 주제를 가지고 내게 몇 줄의 글이라도 쓰고 싶게 했던 유일한 사람이었다. 믿는다는 것과 믿지 않는다는 것이, 표현한다는 것과 표현하지 않는다는 것이 얼마나 다른 결과를 가져오게 하는지에 대해 목 놓아 울게 하였으며, 이제는 이웃이 아닌 아주 높고 멀리 있는 사람으로서 나를 되돌아보게 한 유일한 사람으로 기억될 것 같다.

이젠 보내야 할 시간이 다가오고 있는 것이다. 정말 이제는, 떠나보내야 할 것 같다. 떠나보내고 역사는 흘러가야 할 것 같다. 이젠 현실을 직시해야 할 것 같다. 살아남은 자로써 해야 할 일이 무엇인지, 또한 경계해야 할 일이 무엇인지를 차근차근 챙겨보아야 할 것 같다. 사회적으로 문제가 되고 있는 자살이었기에, 젊은이 혹은 어떤 어려운 이들의 삶의 방편이 되지 않을 수 있도록 경계를 아끼지 않아야 할 것이다.

또한 검찰의 책임지지 못하고 도망치듯이 떠나간 것들에 대한 정확한 조사를 해야 할 것이며, 대다수 국민들에게 포괄적 뇌물로 인한, 수백만 달러의 대가성뇌물에 대한 정확한 결과를 안겨주어야 할 것이다.

적어도 풀리지 않는 숙제라는 식으로 얼버무리지 않았으면 좋겠다. 그리고 한편으로는 현 정부에 대한 무조건적인 책임론을 따지는 것도 옳은 판단이라 여겨지지는 않는다.

이제 정부는 스스로 사회적인 문제에 대한 시스템점검을 해봐야 할 것이며, 반복되듯이 이루어지는 일의 원천적인 해결은 과연 없는지를 고민해봐야 할 것이다. 또한 100%의 국민의 지지를 얻지는 못하더라도 과반이상의 국민이 이해하고 동의하는 정책과 설득으로 이끌어나가는 데에 전력을 다해야 할 것이다.

적어도 머무르는 것이 아니라, 조금씩 변화되고 나아지고 있다는 믿음을 안겨줘야 할 것이다. 그렇게 정부와 사회가 나아갈 동안, 과연 나와 같은 평범하고, 정치에서 한 걸음 물러나 있는 사람들은 무엇을 해야 할까. 어떻게 해야 할까. 무엇으로 살아야 할까. 그런 생각이 머리를 복잡하게 한다.

생각이 꼬리에 꼬리를 물고 있을 때였던 것 같다. 갑자기 텔레비전에서 이 노래가 흘러나왔다.

내가 살아가는 동안에 할 일이 또 하나 있지.

바람 부는 벌판에 서 있어도 나는 외롭지 않아,

그러나 솔잎 하나 떨어지면 눈물 따라 흐르고,

우리 타는 가슴 가슴마다 햇살을 다시 떠오르네.

아아, 영원히 변치 않을 우리들의 사랑으로 어두운

곳에 손을 내밀어 밝혀 주리라.

생전 고인의 목소리로 들려준 '사랑으로'였다. 그래, 답은 그곳에 있었다. 내가 해야 할 것이 바로 거기 있었다. 낮은 곳으로 향하는 것을 두려워하지 말고, 믿어주고, 이끌어주고, 도와주는 것이었다. 가진 자의 여유로움으로써가 아니라, 인간에 대한 예의로써, 같은 시대를 살아가는 동지로써 내가 해야 할 것이 바로 거기에 있었다. '사랑'이었다. 사랑하며 살아가는 것이었다. 사랑의 말이 필요한 곳에는 사랑의 말을. 말보다는 행동을 절실히 필요로 할 때에는 행동하는 사랑을 하며 살아가야 하는 것이었다.

그것은 나의 가족이라는 한정된 공간만이 아닌 얼굴을 듣지도 보지도 못한 이들과 마음 한 조각이라도 나누겠다는 사랑이었다. 그것이 마치 정답처럼 건너져 왔다. 어떠한 상황에서든 취해야 할 것이 있고, 버려야 할 것이 있듯이 이번 일 역시 연장선에 서서 바라보면 어떨까 싶었다.

226

도덕적 인간의 완성은 어쩌면 세상 일어나는 모든 일 앞에서도 어떠한 기준으로 취하고 버리는지를 택하는 것에 있는 것이 아닐까. 버리는 것이 있다면 취하는 것이 있을 텐데, 취하는 것으로써 자신의 가치를 완성시키는 것이 결국은 삶의 완성이 아닐까.

톨스토이의 「사람은 무엇으로 사는가」라는 책을 덮으면서 느꼈던 감정도 이와 비슷했던 것 같다. 사랑은 남는 것이라는. 부모가 자식에게 남겨주어야 하는 것이 무엇인지, 친구가 다른 친구에게 남겨주어야 하는 것이 무엇인지, 역사가 현실에 남겨주어야 하는 것이 무엇인지.

결국 남는 것은 사랑이지 않을까. 그것을 남기는 노력에 이제부터라도 조금 더 마음을 써야 할 것 같다. 농부는 텃밭을 탓하지 않는다고 하였던가. 세상을 탓하고 원망하지 않기 위해 애써보고 싶다. 다른 무엇인가로 내게 일어난 일의 책임을 묻지 않기 위해 더욱 노력해보고 싶다.

인내심의 열쇠는 모든 것이 잘 되리라는 믿음,
인간이 모르는 큰 계획이 존재한다는 신뢰를 키우는 데 있습니다.

– 「인생수업」 중에서

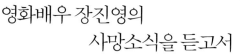

영화배우 장진영의
사망소식을 듣고서

멍해지는 마음이었다. 간간이 들려오던 회복소식이 어찌 이리 무색할까. 위암이라는 큰 병으로 투병생활에 들어간다는 이야기가 들려올 때만 해도, 이렇게 빨리 오늘이 올 거라는 생각을 하지 못했었다.

유독 죽음이라는 단어 앞에서는 망연자실해지는데, 요즘 그 죽음이라는 단어를 되새길 일이 왜 이리 많은지 모르겠다. 노무현 대통령의 자살 앞에서는 삶에 있어 죽음보다 더 소중하게 지켜내고 싶어 하는 자신의 가치에 대한 고민을 했었다.

또 얼마 전 김대중 대통령의 죽음 앞에서는 나이를 먹는다는 것은 의지와 상관없이 기력의 회복마저도 어렵게 한다는 생각에 안타까운 마음이었다. 그리고 장영희 교수의 죽음 앞에서는 인간이 온 힘을 다해 살아간다는 것이 과연 어디까지인가에 대한 진지한 질문이 머리를 떠나질 않았다.

그런데 오늘 아침 또 다시 진지해지고, 안타까워지고, 고민스러워진다.

삼가 고인의 명복을 빈다. 깊은 안타까움으로. 아울러 남은 가족들의 몸과 마음에 아직 채워지지 않은 상처가 하루빨리 아물어지길 진심으로 바래본다. 그러나 누구보다 며칠 전 가족들 몰래 혼인신고를 마쳤다는, 끝까지 고인과 함께 하고 싶어했었다는 그녀의 남편에게 더없는 위로를 전하고 싶다.

기사에서 고인이 위암을 알게 된 것도 지금의 남편이 건강검진을 추천해서 알게 되었다고 보았는데, 깊은 마음으로 오랫동안 함께하고 싶어 했을 마음 하나하나가 보여 참으로 안타깝다. 애써 부정하고 싶어 했을 지금의 상황을 직면한 그는 세상 누구보다 외로울 것이며, 아플 것이며, 엄마 잃은 새끼 새처럼 놓쳐버린 손을 그리워하며 자리를 떠나지 못하고 있을 것이다.

어서 기운 내시길, 떠나간 당신의 그녀가 가장 바라는 일이 무엇일까를 떠올리며 애써 세끼 밥을 다 챙겨 먹고, 새롭게 떠오르는 하루하루를 두려움 없이 맞이하실 수 있으시길 진심을 다해 기원 드린다.

참으로 젊음이 아깝다. 해나가고 싶었을 꿈이 있었을 텐데. 함께 하고 싶은 사람들이 살아온 날보다 남아있는 많은 시간을 약속하면서 곁에 지켰을 텐데. 두고 가는 걸음이 얼마나 무거웠을까.

그러고 보니 서럽고, 안타까워지는 마음을 어떻게 나이로만 얘기할 수 있을까. 죽음. 죽음이란 것이 그런 것 같다. 서럽고, 안타깝고, 그리워지게 하는 것 같다. 그리고 겸손하게 만드는 것 같다. 무엇으로 그 이상과 그 이하를 논하면서 비추어 얘기할 수 있을까. 떠나는 사람들은 남은 자에게 남겨주는 숙제가 바로 '죽음'이 아닐까.

마치 아무 상관도 없는 일처럼 살아가지 말라며. 언젠가 내게도 일어날 일이며, 내가 원할 때가 아니라 하늘의 때가 되면 어쩔 수 없이 받아들여야 하는 것이라며. 그러니 살아 있는 동안 감사하고, 고마워하며, 즐거운 마음을 찾는 데 노력을 아끼지 말라고 간절하게 알려주고 싶었던 것은 아니었을까.

이번에 자신의 건강을 챙겨본 사람들이 제법 있지 않았을까 생각된다. 자신이 건강하다고 생각하는 사람은 자신의 건강을 모른다는 말이 있다. 자신만만하고, 당당했던 이들 중의 몇 명은 확인 차 들렀던 병원에서 청천벽력 같은 소리를 들었을 수도 있을 것이다. 그러니 다들 건강에 자신하지 않았으면 좋겠다.

과유불급(過猶不及)이라는 말처럼 지나친 건강염려증도 경계해야겠지만, 건강을 잃지 않아야 무엇이든지 다시 시작할 수 있고, 해 나갈 수 있으니 애써 챙겨보길 진심으로 바란다.

건강이 그 바탕을 단단하게 버티고 있지 않으면 모래성처럼, 밀려오는 파도에 언제든 무너져 앉아버릴 수밖에 없는 일이다. 다른 이들에게 생긴 일이 내게도 생길 수 있다는 생각에 과신하지 말고, 건강할 때 건강을 챙기길 진심으로 희망한다.

금연을 못하겠다면 담배를 줄이기라도 해야 하고, 술을 끊지 못하겠으면 술을 조금이라도 줄일 수 있길, 운동의 시간이 나지 않는다면 차량을 놓고 버스를 타고 다니는 작은 불편함으로라도 꼭 건강을 지켜내시길 진심으로 기원해본다.

더불어 굳이 건강만의 문제는 아니겠지만. 무엇이든 어떠한 일에 있어서든, 다른 이들의 얘기를 귓전으로 가볍게 넘기기보다는 그 얘기의 종착지를 자신으로 돌려 자신만의 해답을 찾는데 시간과 노력을 투자해보길 기원한다.

건강이든, 인생이든, 일반적인 삶의 문제들은 자신이 해답을 들고 있는 경우가 대부분이다. 그러니 애써 다른 곳에서 보이지 않는 답을 내어달라고 말하기 전에, 자신의 몸이 말하는 소리에도 귀 기울여 더 나은 꿈과 함께 나아감에 주저하는 일이 생기지 않도록 미리미리 챙겨보시길 깊은 마음으로 기원해본다.

건강은 참으로 귀중한 것이다.

이것은 실로,

사람들이 그 추구를 위하여 시간뿐 아니라 땀이나 노력이나 재능까지도

아니 생명까지도 소비할 값어치가 있는 유일한 것이다.

그러니, 건강을 위해 노력해야 한다.

건강을 위해 주의해야 한다.

건강을 위해 충분한 시간을 배려해주어야 한다.

- 몽테뉴

어느 아침에

오랜만에 가져보는 시간이다. 정말로 오랜만에 온전히 나를 위해 시간을 투자할 수 있는 이 순간, 얼마나 기쁜지 모르겠다. 일상의 자잘함 속에 묻혀버린 나를 찾아야겠다고 마음을 먹고 있었지만 쉽게 찾아지지가 않았다. 몸과 마음이 지치다 보니, 의지마저 약해져서 미루고 또 미루었다.

그런데 약해진 의지를 이겨내고 컴퓨터 앞에 앉고 보니, 그리 힘들지도 않은 일을 가지고 핑계를 대면서 변명을 해가면서 나에게 면죄부를 준 것이 아니었나 싶어진다. 모든 일이 그렇듯이 시작을 한다는 것이 왜 중요한지를 새삼스럽게 확인되는 순간이다.

나를 위한 시간이라고 해서 별다른 것이 없다. 하늘이 내려준 재주가 아닌 순전히 내 마음이 시키는 대로 써 내려가고 싶은 글을 쓸 수 있는 이 시간, 온전하게 내가 몰입해서 내가 있다는 사실조차 잊고서 글을 쓸 수 있는 이 시간. 이 시간이 나에게 내 삶의 원천이요, 희망이요, 믿음이다.

누가 읽어주든 읽어주지 않든 그것은 두 번째의 문제이다. 중요한 것은 내가 글을 쓰는 순간만큼은 세상 그 누구도 부럽지가 않다는 것이며, 그 누구와의 비교를 통한 우위도 의미가 없다는 것이다. 그저 나라는 사람이 존재하고 있음을 스스로 확인하는 과정이 즐겁다. 그것을 확인하면서 기쁨을 느끼는 이런 순간이 참으로 얼마만인지 모르겠다.

글을 쓰겠다고 컴퓨터를 켜면 언제나 옆에는 커피가 한 잔 놓여 있다. 일명 다방커피라고나 할까. 보통은 그러했는데, 언젠가 원두커피를 준비한 적이 있었다. 뭐랄까. 오랜만에 입안으로 깔끔함을 느껴보고 싶었던 것 같다.

하지만, 사실은 스스로 무엇인가 '정리를 하고 싶다'는 마음이었던 것 같다. 무언가에 의해 이리저리 끌려 다니는 듯한 느낌이 싫어 깔끔하게 제자리를 찾아주고 싶다는 이유에서였지 싶다. 그러면서 준비했던 커피가 원두커피였던 것 같다.

또 어떤 날은 카페라테를 준비한 적이 있다. 물론 마트에서 포장되어 파는 것이었지만. 그런 날은 괜히 마음이 허하다고 느꼈던 것 같다. 무엇인가 따뜻함을 느끼고 싶었다고 해야 할까. 부드러운 우유가 섞여 있어서일까. 조금은 순해지는, 포근하게 퍼지는 느낌이 좋았던 것 같다. 그렇다고 해도 보통은 다방커피가 나의 일상을 지켜준 근위대였다. 깔끔하지도 않고, 따뜻하지도 않은 중간 정도의 색을 적당한 무게와 가벼움이 적당하게 나와 닮아있었다.

그런데, 오늘은 뜬금없이 시원한 냉커피를 준비했다. 본래 냉커피를 좋아하지 않는데, 이 아침에 냉커피를 준비한 이유를 모르겠다. 오랜만에 준비된 나의 시간이 너무 좋아서 일까. 기분 좋은 시원함을 느끼고 싶었던 것일까. 모를 일이다.

언제나처럼 그저 손이 먼저 닿는 것. 마음이 먼저 가는 것을 준비하는데, 쌀쌀한 바람마저 부는 오늘 아침에 냉커피를 손에 든 이유는 아직도 잘 모르겠다.

그런데 그 냉커피가 벌써 다 떨어졌다. 먹성이 좋아서일까. 다른 사람들 몇 장씩 쓰면서도 커피가 남아 여운마저 자리를 떠나지 못하는 글을 쓰는데, 고잘 몇 줄의 글을 쓰면서 마무리가 되기도 전에 커피는 이미 동이 나버렸다.

힘의 원천이 고갈되고 나면 소리 없이 주저앉을 수밖에 없듯이, 이 즈음이면 얼른 마무리를 지어야 한다. 지금 이 순간, 내가 존재하고 있음을 확인하는 것으로 오늘은 위안을 삼아야겠다. 커피라도 있는 세상에 태어났기에 망정이지, 아니었으면 어쩔 뻔 했나 싶다.

그러자 이번에는 한 여성 성직자가 말했다.
우리에게 기도에 대해 말씀해주십시오.
그가 말했다.
그대는 고통스러울 때, 또 필요할 때만 기도한다.
그대가 기쁨으로 가득하고
그대의 나날이 풍요로울 때도
그대는 기도할 수 있어야 한다.

- 칼릴 지브란

기도

내 어릴 적 기억에 늦은 밤 어머니의 관음기도 소리가 집안을 가득 메운 적이 있었다. 분명히 어머니의 목소리였지만 아니라고 여겨진 날이 더 많았었다. 애써 삼킨 울음으로 가득 찬 어미를 잃은 새끼처럼 구슬프고 서러웠다.

원망 가득하게 한껏 올릴 때면 외로움이 요동치며 속 깊이 묵혀 두었던 감정까지 들쑤시기 일쑤였다. 더러는 초록 연잎처럼 풀냄새 풋풋한 소리가 그득한 공기를 안온하게 채우기도 했었지만 그리 자주 듣지는 못했던 것 같다. 무엇이 늦은 밤 그 시간을 내 어머니에게 요구했는지, 무엇을 위해 어머니는 그 시간을 관음기도로 채우려 했는지 직접 들은 적은 없지만, 기억 저편 어딘가에서 아직도 생생하게 살아 있음을 느끼곤 한다.

나의 아버지는 강한 분이시다. 말 그대로 '가진 것 없이' 시작하셨고, 누구의 도움보다 믿을 것은 자신 하나뿐이라는 마음으로 '자수성가'라는 표현에 딱 어울릴 만큼 온 힘을 다해 살아내셨다. 삶과 죽음의 고비를 몇 번이나 넘어서야 했고, 공든 탑도 무너질 수 있다는 혹독한 경험도 값비싸게 치러내셨다. 그런 굴곡들 사이에서도 꿋꿋하게 오늘을 지켜내고 계신다. 언젠가 누가 내게 지구력이 강하고, 의외로 독한 면이 있다는 소리를 한 적이 있는데, 아마 아버지에게 닮아오지 않았을까 생각했었다.

살아 오는 내내 쉬운 날이 없었지만, 포기라는 것을 몰랐던 아버지. 그렇게 살아오신 내 아버지의 삶을 감히 어떻게 저울질할 수 있을까. 자식 된 마음에 감사하고 또 감사하다. 덕분에 넘치는 호사를 누리며 살고 있으니, 미안한 마음 또한 가득하다. 진실로 내가 아버지께 되돌려 드릴 수 있는 것이 얼마나 될는지.

어머니 역시 못지않으시다. 없이 시작하는 살림을 누구보다 억척스럽게 채워내셨다. 돈을 쓰는 재주를 부리기보다는 모으는 재주를 부리셨고, 하나를 이루었다고 자랑하기보다는 다음 일을 생각하는데 속도를 늦추지 않았다.

가끔 돈에 속는 것이지 사람에게 속는 것이 아니라며 아버지와 부딪치기도 했었지만, 그렇다고 가여운 이에게 내미는 손을 주저하지는 않으셨다. 또한, 사리분별을 못해 할 것을 하지 못하거나 해서는 안 될 일을 범하지는 않았는지 자신의 삶을 되짚음에 주저하지 않으셨다. 내게 살아가는 동안 무엇으로 어떻게 살아가야 하는지를 어머니 스스로 보여주고 계신다.

이렇게 내게 뼈와 살을 주신 분들이지만, 그 분들의 삶이라고 어찌 힘들지 않았을까. 누구와의 많고 적음으로 비교될 이유는 없지만, 다른 이들 못지않은 숙제를 풀어내려 얼마나 마음고생 하셨을까. 온 방 온기 가득한 따스함으로 채워졌던 날보다 문틈으로 비집어 오는 칼바람을 두 손으로 막아내야 했던 날이, 가진 것이 없어 애써 눈치 없는 척 살아내었던 날 얼마나 많았을까.

'새옹지마(塞翁之馬)'라는 말이 그냥 있는 말이겠는가. 요지경 같은 세월에 제법 흔들리기도 하셨을 것이며, 원망할 이유도 원망할 대상도 없어 타 들어가는 마음으로 하얗게 지새운 밤도 얼마나 많았을까. 수많은 그런 날들 중의 일부를 아마 어머니는 관음기도로 보내셨던 것 같다.

스무 살, 아니 그 이전부터였던 것 같다. 습관처럼 왼쪽 손목에 염주를 달고 살아왔다. 마치 없어서는 안 되는 보물처럼. 고요하지 못한 마음, 평소와 다른 어색한 마음이 어딘가에서 들끓어오를 조짐이 보일라 치면 가장 먼저 하는 행동이 염주를 돌리는 일이다. 어릴 적부터 익숙하게 들어온 관세음보살을 외면서. 물론 간절함이 온 마음을 가득 채우는 날에도 마찬가지였다.

비단 서글픔이나 외로움, 두려움 혹은 고마움, 기쁨 같은 단편적인 감정만은 아니었다. 그것은 세상 속에서 온전해지고 싶어 하는 나의 바람이었다. 조용하게 염주가 돌려질 때면 내가 있는 곳을 확인하고, 내 마음을 하나씩 확인해 내려갔다. 언제나처럼 지금 내가 있어야 하는 곳에서 무엇을 해야 할 것인지, 할 수 있는 최선이 어떤 것인지를 하나씩 확인해가면서.

나의 염주가 어머니의 관음기도와 같다고 할 수는 없지만, 세상을 거부하거나 두려워하기보다는 그 안에서 온전하게 살아가고 싶어 했던 마음만큼 다르지 않을 것 같다.

오늘도 나의 염주는 돌아간다. 나의 기도와 함께.

나의 기도는 작다. 그리고 짧다. 그러나 가볍지 않다. 나와 내 가족의 건강을, 부모와 형제의 건강을, 아울러 내 이웃의 건강을 기원한다. 그리고 무엇보다 내가 살아가는 동안 누구에게든 도움을 줄 수 있는 사람으로 살아갈 수 있길 기원한다.

랄프 에머슨의 표현 그대로 내가 한 때 이곳에 살았음으로 해서 단 한 사람의 인생이라도 행복해질 수 있게 하고 싶다. 아니, 그럴 수 있다고 믿고 싶다. 그런 바람으로 오늘도 나의 염주는 돌아간다.

두려움에 떠는 어깨를 한 번이라도 더 안아줄 수 있길, 내 두 눈이 한 곳만을 고집하지 않고 여러 곳을 다투어 보려고 애쓸 수 있길, 내가 하고자 하는 일이 좋은 뜻으로 이어지는 의미를 가질 수 있길 새해가 밝아오는 이 아침에 함께 기원해 본다.

산다는 것은 서서히 태어나는 것이다.

— 생텍쥐페리